終於讓我當麻豆了!?

catch 134　西雅圖妙記3

My Life in Seattle Ⅲ

作者：張妙如

責任編輯：繆沛倫

法律顧問：全理法律事務所董安丹律師

出版者：大塊文化出版股份有限公司

台北市105南京東路四段25號11樓

www.locuspublishing.com

讀者服務專線：0800-006689

TEL：(02) 87123898　FAX：(02) 87123897

郵撥帳號：18955675　戶名：大塊文化出版股份有限公司

總經銷：大和書報圖書股份有限公司

地址：台北縣五股工業區五工五路2號

TEL：(02) 8990-2588 (代表號)　FAX：(02) 2290-1658

定價：新台幣280元

初版一刷：2007年9月

ISBN978-986-213-006-3

Printed in Taiwan

MY LIFE IN SEATTLE III
MIAO-JU CHANG

西雅圖妙記❸。張妙如。

大塊
LOCUS
文化

藝術 拉門師傅。

我決定再給自己封一个「拉門師傅」的頭衛行，對不起，說錯了，是「藝術拉門師傅」！因為突然之間，我發現我家充滿了do藝術拉門…

回想起我踏入製門業的起因是太陽！

愛妳喲…

不行──背後的陽光太大了！根本看不出螢幕裡是什麼!!

百葉

雖說我背後其實有窗簾，可是擋光效果不如何，完全不是長久放電腦的風水！於是我做了第一个「藝術風水拉門」，不但擋住太陽的熱情，还画了一座山当靠山，從此安居樂業…

說起來第一个拉門还算簡單，就是買一段滑輪軌，把木板加上輪子，再画上「風水加持圖」，掛上去就完成了！但第二个就比較有難度了！

原本是有厚度的實心木板，因為有點太重，拉得天花板有些裂痕，所以後來改成約0.5公分超薄的一片普通木板，因為有點飄飄然，我還乾脆把它漆成書法用紙的顏色，用毛筆寫「山在」兩個書法字，還用紅筆刻畫了一個假用印，但我不敢拍照下來···人還是有羞恥心的。

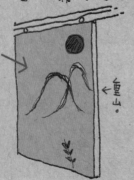

←重山。

而且客廳窗戶多牆面少，都沒掛畫之類····

二个書架連在一起，看起來太亂了…

再者,書架的牆那面因為放書,已經很重了,我決定做一ケ空心藝術滑門,(空心比較輕),除了遮醜並擋會掉一ケ書架之外,也順便當大型掛畫!

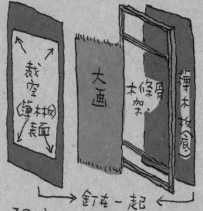

因為此拉門相當大,因此大畫也不得太小,我找了老半天,即便最大的海報都不及我所需要的尺寸!而且我心中屬意 Degas 的芭蕾舞作品,市售的複製畫都遠遠地小於我要的大小。但皇天不負苦心人,

→釘在一起←

還是讓我千辛萬苦地找到 Degas 的芭蕾舞課的掛畫!辛苦卻仍順利完成我的空心藝術滑門!
本來我做完此滑門就打算收山了,因為細節的痛苦和艱辛比我預計的高很多,然而成果之好,卻讓我回頭嫌棄第一ケ藝術風水拉門⋯⋯

這ケ風水拉門比較小又短,卻比空心拉門重多了!而且看看這什麼鬼畫符!!和 Degas 根本不能比!!

自己的作品也嫌!果然大師還是比較好!
等把藝術風水拉門也改成空心後,我其實也累壞了,完全沒有心思再尋覓大師級作品,最後還拿出毛筆一揮,只寫了「山在」兩ケ半大而珍貴的大字,雖然而遺憾自己不是宋徽宗等大師,但確實省了不少力氣和時間!而且它還是一ケ風水拉門!

不仔細看細節,會覺得還是很厲害吧?

但我真的没想到，我真的会朝拉門師傅之路再挺進…

因為房間雖有門，可是卻是片玻璃門，
許多先生在門外慘嚎的一切完全收入眼底，再沒良心
的人看了都會不忍……更重要的，其實許多先生若不能看見我
但，也不會也哭得那樣慘！（把牠關於不透明門外，
牠都不會哭鬧，會自己去做自己的事）
我於是無奈地決定，在樓梯間再加一道不透明的拉
門，而且為符合「大師感」，這一次是墨迪里亞尼……
這几天兒子要來了，聖誕也要到了，我卻只能努力趕製
「墨迪里亞尼藝術大師拉門」，連昨日下雨都还在寒雨
中電鋸拉門料

墨迪里亞尼畫作？当然沒找到那麼大幅的！我只好自
己複製畫，為了省事起見，我只複製素描画而已……

兩個藝術拉門之間相隔不是很遙遠，
雖說莫迪里亞尼的拷貝版是要在上樓
下樓的樓梯口之間推的，並不是像這
樣躺在這面牆前。

安裝上去之後。仔細看，我還
做了有困難度「拉把洞」耶！

君子退場.

2005年12月7日星期三，這一天不是假日，也不慶祝什麼，但卻有為數不少的一群人，沒有事先相約好，不約而同地前往各咖啡餐廳或BAR或PUB，默默地渡過這值得珍惜的最後一夜！

「賣煙合法抽煙非法」是我最痛恨的世間假仙之一。

各國政府如果真的關心民眾健康，應該要先禁止製煙賣煙才對啊（都買不到，青少年就不會有開始）！

這一切是為了什麼？套用 Agatha 最愛用的犯罪動機——錢。

各國政府捨不得這麼容易得到且高額的稅金，都不賣煙就少了好多錢哪！

但我還是不敢怪社會國家，我怪我自已當初沒知識。

是的，華盛頓州已公投通過，餐飲店全面禁煙的法，並且於12月8日起開始執行！所以這一晚，是癮君子們得以留在溫暖屋內、酒足飯飽後，來一根煙的最後一晚！從今以後，癮君子們即使屋外下大雪兼冰河嘯來襲，也是得出去才能哈一根，而且还要距離餐廳門窗25呎外！就算餐廳的窗戶是封死的，全年不能打開那种，也不例外！

對癮君子們來說，這已經是沒什麼好抗議的事了！陸、海、空三方，我們都節節敗退，我甚至很感激現在还能在自家抽煙！因為說不定几年後，連在家裡抽煙都是違法的！因為你的二手煙会污染家中其他成員，或者，你的二手煙会飄到鄰居家裡去……惡意殺害他人、迫害全人類寿命縮減……Well, 还有什麼不可能的嗎？

很奇怪地，我們在12月7日這晚，大家齊聚一咎夂餐廳，默默地為彼此不妙的前程祝福，倒是不太怎麼見到有抗煙者前來慶祝他們光榮的勝利？

最後一夜，很多餐廳反正再也不需要煙灰缸了，也有大方隨客人拿走的：

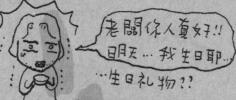

送我嗎？

老闆你人真好!!明天…我生日耶…
…生日禮物??

你別想太多……

很多顧客也依戀到最後一刻還不捨得走，大家聊起最後一次還可抽煙的飛行是哪一次，其實多數人也不記得，很多人連哪一年也沒印象了，我也是。

我們或許是不太完美的一群，可是我們每一次也都很君子地退場，不是嗎？我們，也是願意祝大家健康長壽。

我或許不會記得最後一次在餐廳吃飯後，可以抽煙的這一天，可是我有點難忘高朋滿座，癮君子默默相聚，會和善退場的情景… 因為有意思地，十個抽煙者有至少八個都怪自己抽煙，並不真正怪別人。

居士我一還是希望早日戒煙

山人獲自由…

戒煙？你說過100次了

MANY！記住了！你若學抽煙我就打死你……

喵？

你把我的手畫成這樣，我怎麼抽煙啊？…

失蹤記

兒子們已經來西雅圖一星期了，這一星期以來我感覺我的生活好像天天在放煙火…

MANY！危險！不要亂跑！

連螞蟻都4里歸來!!

好不容易到了今天，因為是孩子的媽媽優的生日，所以她把孩子接走了，我們也終於有了一天喘息日，我也沒閒著，除了趕快捉住空間吸地打掃之外，也立刻趕緊接著趕場去居家DIY賣場，買一些修復牆面、地板的工具。一回到家，看到清潔婦的車子停在屋外，才想起她來EMAIL說她生病，因此要改日再來打掃」，沒想到剛好是「今天」——在我自己已經打掃過後！

看到我要拍照，孩子們擺出內行的動作！
前面是蜘蛛人艾傳，後面是忍者龜托比，
再後面是···米其林輪胎人？

她可真會選時間！

啊!對了！MANY該不會嚇壞了吧!?

對喔！趕快再進去看!!

超級可怕地！進屋後我竟然四処都找不到MANY！

不要說我找的地方都很荒謬，MANY是我兒子，他会躲的地方我早就找過了！完全沒有他的影子！！！我甚至跑到屋外去哭喊！

我甚至拿著手電筒進入我家的「神祕区域」去尋找（平常根本不靠近的黑暗洞窟），那一刻我已經要開始哭了，我也几乎決定，如果MANY真的不見了，我自己万一定要立刻炒清潔婦的魷魚！！因為平常我對她的偷工減料已經很容忍了！她也經常要換

我簡直像神經病！每次貓咪一失蹤或出任何問題，我都會擔心到大大超越常情的地步！（這就是為什麼我並不想主動養寵物）可是，這時候的我並不知道，ＭＡＮＹ是一隻太有規矩、令人不需擔憂他會做出危險舉動的貓了，因為，等到ＹＯＹＯ一來，我終於知道我自己的神經實在是太脆弱了，幾乎只有ＹＯＹＯ睡覺時，我才能鬆懈下來，只要他一醒一活動，我的皮繃得像15歲的少女！但內心卻是150歲那樣憂愁。

↑
ＹＯＹＯ睡覺時。

日期來，這些小事情大王都不放在心上，可是我暗自不爽很久了！這次还搞丟我的貓!!

神秘洞房窟中許下的誓言！

洞房窟外大王也受不了了!!（終於!）

所以等我出洞後，其實清潔婦已離去，我甚至没机会和她説「妳以後不用來了」這句話！也不知大王是真的受不了了，还是只是製造机会讓我和清潔婦不必正面衝突？正当我要嚎啕大哭時，一轉身，MANY竟然不知從哪出來，站在走道上对我喵喵叫!!

的媽々，在完全相同的時間，也在緊張地找兒子!!

怎麼回事白的一天？…

…被警察找到的……竟然沒通知哦!!

我在我的網站胡說八道，說自己好像會收到預兆這種東西。
・・・如果真的是，那這一篇ＭＡＮＹ失蹤其實就是預兆了艾傳的迷路。

順便一提，很多人還不知道我的網站已經運作很久了！只是因爲主要網頁的視窗是跳出式的，經常被電腦自動阻止跳出，所以，要進入我的網站請解除你們的瀏覽器或外掛程式的阻止跳出視窗（ＰＯＰ—ＵＰ）功能，這樣就能順利進入了。
再一次，我的網站網址爲：www.miaoju.com

豐收.

好吧！讓我回頭談ヽ聖誕節禮物。
今年我從公公那裡得到的是圍巾、帽子組；婆ヽ因為去西班牙避寒（挪威也是有怕冷的人），早說好不方便寄任何東西來；小姑則送我一條挪威製毛毯，禮物聽起來都好溫暖吧？但是我有綱拍念頭！

人到了一定的年紀時，有時甚至會覺得實用比只是漂亮好多了！

我喜歡短圍巾還有一個因素是因為一短圍巾比較方便收放到包包裡。

所以有一年我瘋狂地找假皮毛頸圍，結果到處都只有賣真的一因為中國產量豐，真的比假的更便宜，所以市面上一時找不到假的。當我謝謝再連絡時，專櫃小姐還很不爽呢！大概覺得我牛排不吃硬要找泡麵，死呆子吧。

後來我自己做了一個——果然有縫紉機好啊！但是假皮毛的材料錢真的比真的貴啊。

好吧！我承認，圍巾確實是送礼上選，不須考慮尺寸，不怕寄送摔壞，又是寒冷西方國家實用衣物之一，其實我也常用，可是我比較偏好較短的頸圍式的，行動比較俐落…

超

好

！

不管怎麼說，今年聖誕我还是得到了最想要的東西，可以說，因為滿足了，其他人送我什麼都不重要也不是問題了！！！

口哇哈哈 骨董縫紉机 !!! 哇

→圖：現在新型縫紉机我都不会用，所以骨董縫紉机並不是因為要收藏古物，而是，這是我知道如何操作的款！！

小心骨折……

腦阔↑軟Q功。

高級硬皮箱←

先說好，不是每年都是春天！不要以為妳就会得到妳要的……

別給我寄望太多！

縫紉机！各位都可在這番狗找舊資料，我不知盯了多少年，終於給我盯到了！！！我不得不說，只要有心，鐵杵也会磨成繡花針的！！

hey…

妳麼來看之……

誰有空磨？我要趕快來測試我的縫紉机了……

雖是骨董舊型，但仍是电动的。

終於可以告別社生涯……

我当天立刻車了五个椅墊套，證實了該縫紉机之可用及完好，我差点興奮到立刻開起車縫女工工廠！連車它三天三夜——但MANY在旁踏，為了他的安全，我也只能回到現實！

MANY！MANY，不要过去，那迎危險重机械！！沒个給你玩！！

↑線圈

也太誇張了！

咕嚕

不錯吃…还有嗎？

收…收工了…

打烊了……

至於我送大王的，不但也是骨董，而且，还是同一家骨董店買的！

当時各懷鬼胎…

以前公車找零的机器。

（大王劉曾做過當公車司机的夢，也在挪威考過公車駕照）

大王劉对這个很有興趣，日晚一真偷々回來買！

MIAO一定喜欢這縫鉤机，改天回來買

奇怪的感覺…

好像今天会很幸運…

老闆

右邊大的是當時給大王的聖誕禮物，左邊小的是後來在別的古董店買的。

所以大王也很喜欢我給他的礼物……

啊啊～收集錢、整理錢、數錢的感覺好棒啊啊

加上永不止息的開車，就是人間天堂……

沒見过這么愛錢的射手座…

P.S. 現在公車已経不太收現金了，自然少了一些経手錢的樂趣。

所以聖誕过後，尤其是孩子走後，我們家最常有的音聲音，不是叮々噹々的銅板声，就是車縫声…一个做著公車司机夢。一个重温車縫女工生涯，日子好不快樂……

新上任 的 清潔婦

正當我在考慮,要不要為上次許多先生的失蹤事件向清潔婦道歉時,同一時間她自己則來EMAIL說,她不幹了!她不會再來做我家的清潔工作了!

很好

反正我也不滿她的工作很久了!

妳是要再找一個人來代替,還是妳要自己掃?

女人家翻物臉比翻書快…

妳若要掃,我可以付妳錢喔….

＊夫妻兩帳算得一清二楚。

我当然決定先接下清潔婦工作!一來我早想這職業很了!二來,我承認我可能有点嚴格,我認為原來那清潔婦很偷工減料!可能我自己來我會比較滿意!

我出貓手一隻

我出一隻半… ZZZ

電動史瓦樂先生,請指教了!

我是你的新清潔婦,叫我張小姐就可以….

廢話連篇….多少錢?

張小姐???

還有,我需要一些清潔項,請先給我一些錢採買….

←因為打從搬入這家,就有清潔婦來打掃,所以事實上我家連拖把都沒有,也沒有雞毛撢子之類的,平日我自己做的小清潔基本上就是一律用吸塵器,地板若有髒污,就用抹布擦局部那一塊而已,但是,要做一个正職的清潔婦,我需要更精良專業的配備!

美國人基本上很愛圖方便,所以各種清潔工具市面上很齊全!我一天到晚在看電視,廣告也看很多,很快就買了下列工具:

浴室清潔把

← 膠棉手提把,可加額外手把,清潔高效。

可套上不同清潔底布,用過即丟,方便清潔浴缸或牆面或地板,不需額外清潔劑!

吸塵撢子

← 塑膠底把,一樣可加長,以利撢子。

可套上棉紙套,凡揮過灰塵少滅!一樣是用過即丟的撢子。

迅噴型拖把

可插入地板清潔液,在手把上一按,就噴出,不需一迎拖一迎清洗拖把。

可套上棉質紙輕,用骯髒即更換。

以上都是用過即丟的套子,請大家別以為我會就此長期浪費「紙張」!事實上我是認為這些工具的基礎底座都很不錯,我打算把這些附贈的紙套用完後,改套上我自己的抹布或套子,繼續使用!

我一定會做得比清潔婦更好的!別以為我會哭著求妳回來!!!

~一小時過後~

平常這時候,清潔婦已經全家都掃完,準備走人了…我現在連第一層樓都還沒完工!!

你不是要幫忙整理信件?

人家今天穿白靴子,怕弄骯髒…

打掃確實是辛苦的工作,我了解!

还在掃第一層樓…

可是,不就是因為她平常太多地方都不仔細清,所以我現在才会掃得這麼辛苦嗎?!

我絕不会後悔失去她!!!

三小時過後,我終於掃到第二層了,但是因為花了太多時間和精力,我決定向清潔婦學習,到第二層就只掃眼睛看得到的「表面」,到了第三層,我更混了,連地都沒怎麼吸,只把亂去的東西歸位而已……

四小時過後,我總算會進行到最後一个程序——拖地。

太好了!這个拖把復的很好用!边嘆边拖果然很快!

不過感覺也很怪!好像用衛生棉花拖地!!(套在下面的鞋子,真的完全像得性棉一樣,只是比較大片)

前提是地板一定要先吸乾淨。

四个小時半,我終於完成清潔工作!我倒在沙發上累得像个榻褲……連晚餐都沒力氣煮,只好打電話給大王,請他回家時順便帶食物回來。

張小姐!我對妳的工作真的很滿意!我的廁所座下妳都擦到了!太強了!

馬上加妳薪!

你檢查得可真仔細!!

沒想到你会注意到!!

◎原來這个人也很有心机,他早就注意到前清潔婦從來沒掃到該処!!
我成功地成為一个傑出的清潔婦了,不過経過這一掃,我也懷疑自己是否願意長久接下這工作?……或許再試一陣子看吧!肯定的是,我們夫妻倆都不懷念前清潔婦!張小姐成功地取代了她……

我不只穿白靴子,我还戴白手套,看—

你根本不想幫忙吧?

要呀—我幫忙檢查哪裡沒擦乾淨…

波特蘭 漫步。

前几天，挪威傳來阿烈得的奶奶中風的消息，
狀況很快就要化到 滴水不入、藥石罔效的階段…

果然，很快地又傳來奶奶過世的消息。
天地總是不仁，在這階段，西雅圖在爭破它自己在
歷史上的連雨天數記錄，那時已經連雨25天了，
但並不是指25天前才開始下雨，而是指25天前開
始的雨，~~圖~~25天以來沒斷過。而我自己的記憶
是，去年10月底就下到現在了，整个氣給它悶，實在令人
基因要自己突變出發瘋因子！

是的，心情低落下，我們還是要承受當狠心主人的壓力，
把貓送去寄宿，開車南下去奧勒根州的波特蘭散
心——

結果奧勒岡州的
雨下得和西雅圖一
樣久又煩。

再 Sorry ...

我又提了...

連波特蘭的街道，其實和西雅圖看起來也相差無幾，唯一的不同只是，華盛頓州已經是个公共場合全面禁煙的州，但奧利岡还不是，...

喂，你不是要來散心的嗎？怎麼這麼壓抑？

我真佩服你敢抽菸....大家都盯著好看吧...

這州法律又沒禁煙，這家餐廳也有完全的非吸煙區，我為何不能在這抽？（可抽煙區域）

情況比我想像中嚴重，因為那些人不只是盯著我看而已，还特地問過服務生，確認此区域可吸煙，然後，有的人要求換遠一桌的座位，有的甚至就離開了此餐廳，我的感受可想而知，而想要放鬆的阿烈得則更緊縮了，最後我們秒殺地吃完飯、留下大筆謝罪似的小費，奪門逃出！

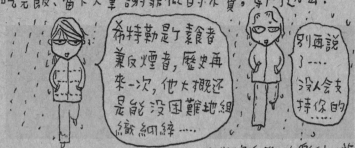

希特勒是个素食者兼反煙者，歷史再來一次，他大概还是能沒困難地組織納綷....

別再說了...没人会支持你的

我是靠著生活在不甚乾淨的水中，來当條自在快樂的游魚，我並不是一个夢想著淨水質，而不能讓自己呼吸的聰明魚，我不需要阿烈得懂，我只希望他能和我一樣，有讓自己快樂起來的本事，不要前愁未消、後憂又起。不要死不死、生不生。這世上沒有真正可逃離的地方，只有可逃離的人，和可逃離的自己的心情。

很快地，我們把心思轉移到骨董搜尋！也並不是全然心情低落亂瞎拼，而是兒子們的樂高玩具已經堆得家裡到處都是了，我和大王早已計劃買一个「有很多大小不同的抽屉」的櫃子，大王意屬工具箱子之類的，我則希望能找到類似放中藥材那种！這雖不是迫在眉睫的事，但是我非常認為，低落期更要找一点目標來執行！尤其是這种並不很重大的目標……

口噹口郎！！！ 很快找到兩个不錯的！

價格一樣的《西方破爛？櫃》V.S.《中式骨董櫃》

搖→
破→ ←抽屜把都只是粗鉸絲做的…

退色的花鳥仕女圖樣雕花。

如果你以為我要中式而大王要西式的，那就錯了！！奇怪地，我倆对别人的文化都比較覺得有意思！

那种不專業的自己亂釘的垃圾，

好要花300多元去買？有沒有發瘋？

那种東方風太俗了！雖然比較精緻，可是很假，白痴才花300多去買！

僵持不下之際，我以「我自己要拿來用」為由，自己花錢買下了西方破爛櫃！先下手為強！而因為車子也只能容得下一个櫃子，大王当然就沒買那个中式骨董櫃…(好險)…最後，波特蘭之行好像完全變成我在散心…

什麽嘛…樂到的都是她…

好羨慕一買到宝…

還・是・很・美・

外宿小記

把許多先生送去住宿,是一件很不簡單的事,不管是對貓來說,还是對主人來說……

相信我

對我來說才是最困難的!!!

XX动物医院員工代表 → 此医院正是許多先生寄宿处。

他們家的貓哭叫了沒完沒了也就算了…

喵喵—

思主貓

不泡腳我会精神崩潰… 兩頭吵—

他們兩主人一天到晚打电話來問貓況,更是令人煩到極点…

問 問

我們的貓还好吧?

思貓主

我本以為，大王丟一隻貓給我養只是故意使我更忙碌，
結果自從有了許多後，我才發現大王真是个貓愛人！

MANY 呢？
爸々回來了喲～

為愛向前衝～

当我是女傭嗎？

連找个寄宿地，他都要仔細衡量後，才選定！

我還覺得，
附住宿的
醫院比較
好！

萬一貓出狀況，
他們直接就
是医院，可以
立刻處理！

好呀，
我沒
意見！

而且其實每天陪許多先生玩的人，都是大王！(我是个
很不好动的人，我只是陪睡而已…)

Good！
MANY！
Good！

～呆～

孤獨老人。

不過, 再怎麼說, 大王还只是个養貓的新手, 很多關於貓的東西, 他都不知道名称! 這次 許多先生寄宿医院, 医院事前有説, 我們可以準備自己的小毯子和貓玩具帶過去, 這一点, 我們当然都準備了! 送去寄宿那一天, check-in 時要填表, 主人自備的東西要寫在表單上......

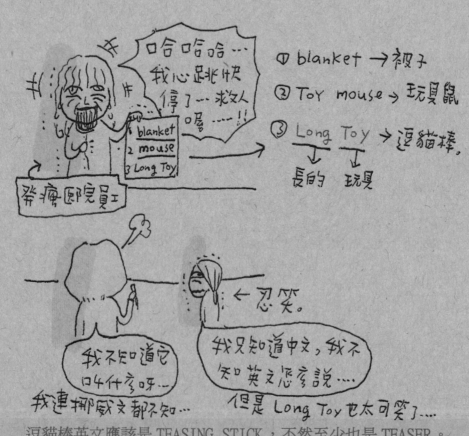

哈哈哈... 我心跳快停了... 救人喔......!!

blanket
2 mouse
3 Long Toy

發瘋醫院員工

① blanket → 毯子
② Toy mouse → 玩具鼠
③ Long Toy → 逗貓棒,
   長的 玩具

← 忍笑。

我不知道它叫什麼呀...
我連挪威文都不知...

我只知道中文, 我不知英文怎麼説....
但是 Long Toy 也太可笑了....

逗貓棒英文應該是 TEASING STICK , 不然至少也是 TEASER 。

新年 快樂。

當你挖出一些貓食餵貓，然後回到客廳看電視，你預計几分鐘後，貓吃完飯会回到客廳，懶洋洋地倒在你腿上⋯⋯結果，几分鐘後，貓沒回來你身边。你側耳偵聽，聽到一些異聲，結果你趕去廚房，看到你的貓正在困苦地和他脖子上的異物奮戰，你嚇了一跳！近身仔細查看，原來貓脖子上的異物是个紅包！紅包是給你的，來自你的另一半，雖然，他假用了貓名裝可愛⋯不知如果這种驚訝發生在你身上，你会怎樣感覺？

鳴／

妳太不浪漫了

好浪漫喔～謝拉～

好驚喜喔!!達令!我愛你!!

很抱歉⋯這絕不会有的是我反应!!

因為，不只我嚇到了，貓咪也嚇到了！飯吃到一半，突然脖子多出一片紅牌，連我要去幫他拿下，他都害怕地四处窜逃！

我們家的人感情不錯，所以現在過年只有我姊姊有時比較不平衡，因為大家都在家過年，只有她還是要回婆家吃年夜飯。

所以她常常在很晚的時候回娘家，堅持要和大家聊天吃零食，不過通常那時間我們也都想睡了，顯得有點無情……

我有時候也會想，如果姊姊可以回來一起吃年夜飯也不錯，不過我是結過兩次婚的人，我只是想想而已，並不真的希望如此，而且我並不覺得該遺憾她不能回來。這種心情，究竟還是要等到這個年紀才能明白啊！

不過,過年嘛!請別擔心,第二頁的事其實沒發生,只是我自己內心假想的狂飆而已!因為中國年萬事求和、求吉祥,我自己內心采排了一次夫妻爭吵後,也就算了!

沒發生的事不要花一頁去寫!!騙子啊?!

北爛年

每次都要老4!

新年嘛還是要大家開心才女子…

況且,貓咪有的也沒怎樣!小嚇而已!

我看見時的樣子一

← 紅包

冷靜采排後,我真正的演出劇情是這樣的…

WHAT A NICE surprise!謝く你!真是太感云力了!

不過貓有真被嚇到…

可不可以待會再說?我在上廁所….

真是好一个家庭溫馨倫理劇…新年嘛!也祝大家新年快樂、事之平安喔!

說起來我弟弟也三十好幾了,實在不應該再收紅包吧?可是我們通常還是會給他。

因為他的生日很靠近過年(我們家都過農曆生日),這種時間大家都很忙,沒時間幫他慶祝,所以就覺得過年時再給紅包是最省事的!

然後因為他是老么,總覺得不寵他也沒人可寵了,所以給他紅包。再者,我們大家都看得出他過著錙銖必較的小氣生活,更感覺給他紅包,那個錢花得是值得的!

就是這樣,到現在還是給他紅包。

台灣好玩

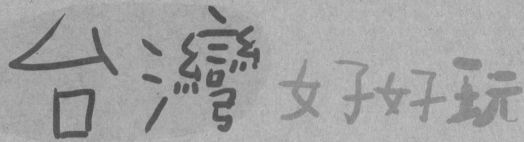

大概是我離開家鄉太久了,現在回國反而好像出國並且覺得台灣好好玩喔!

我还没去過 101...

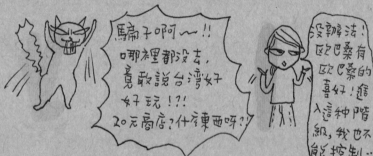

我猜,大概是在物價昂貴的美國生活太久了,看到一大堆新奇、实用又便宜的東西,那感動絕對更勝於花350元上去101看城市景。

350元，讓我們假設它是11美元好了，説真的，11美元在美國也買不了多少東西，但是在台灣，我豪氣地亂買（當然是在20元商店），結果結帳也不超過350！簡直太有當富豪的快感！—→我好久沒過這種花錢不需考慮的生活了！而且，相信我，我結帳時，排隊在我後面等結帳的是个日本人小團体，我敢説，外來觀光客一定都熱愛這種地方的！（果然那些日本人也是歐巴桑級的，我的歐巴桑已經很國際化了！）

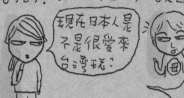

現在日本人是不是很愛來台灣玩？

口疑？妳怎知道？

很明顯的，台灣多了很多日本字的招牌！

而且我有看新聞，台灣中部的摩鐵（Motel）越蓋越神奇，不僅房間大而美，還有各種主題的室內造景，連SPA或泳池都在房間內！那種神奇和誇張，真的完全不亞於我向來稱奇的賭城拉斯維佳斯！

你説這些台灣人都知道啊！

我今天是以一个外來人，也就是觀光客的心態來説的！這些對我而言很神奇！

總之，這一趟對我而言，收穫很豐，我回台是一小箱行李而已，走時是兩箱，而且有一種沒買夠的悵然～～～只不過這種悵然在我回美後，也很快撫平了……

特地買的馬桶掀蓋把手（還是小熊圖樣的）規格不符……

個太大卡不住。

雖便宜，但我竟不能用…台灣的馬桶座比美國的大……

我不是一個活動力很高的人，通常回到台灣，我也只想和家人好好聚聚聊聊，我完全不想把行程排得滿滿的，四處見朋友或拜訪親戚，除非真的有必要。

我曾聽西雅圖台灣的朋友提起他們回台的生活，飯局從早排到晚、見這個朋友看那個姨婆什麼的，然後還要趕快買齊事前早已列出的購物清單，回台簡直是一種戰鬥，這種回台方式真不是我能接受的！不過我的方式也贏得「冷漠」美名，似乎很多人都覺得我太不夠意思了！

还有奶油皿也是規格不對……

↑
还附奶油刀.

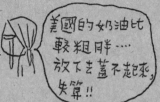
美國的奶油比較粗胖……放下去蓋不起來，失算!!

總算值得安慰的是，那种收起來只有一ケ巴掌大的衣物收集籃了

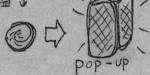
→
POP-UP

雖然对外國人的家庭來説，太小了点，但是許多先生超喜欢的! 它已經成為許多先生的別墅了……

這是私人別墅，閒人勿近喔!!

我是來打掃的太太……
你的傭人

还有我在天母只花一佰元台幣買的長大衣，也非常超值!

你以後要多穿那件大衣喔!

看起來很瘦! 我以為你回台变瘦了，原來是大衣的原緣故……

效果勝过抽脂……

亞尼克蛋糕吃太多了……

→
我多少也趕了流行.

現在我回美了，但早就開始想念台灣了，台灣真的很好玩! 而且真是一ケ超神奇的地方! 我又再次愛上台灣♡

←
有一陣子我好瘋這類POP—UP的東西，例如放雜物籃啦、給貓咪的小窩啦、兒童用遊戲帳棚啦···等等，主要是它不用時可以摺疊收起來，而且收起來只是一個小圓盤，實在太方便了! 發明它的人可真聰明。
所以去年我買給兒子和艾琳的雙胞胎們的聖誕禮物就是POP—UP的摺疊帳棚，小孩喜愛，父母也很方便收拾。

寫信給偶像

王鼎鈞先生一直是我的偶像，無數次我想提筆寫信給他，向他道謝他多年來對廣大讀者的幫助，可是我因為太喜歡他了，反而一直都不知該如何下筆！

但，在某個機緣下，我得知王鼎鈞先生的email，這下我決定，一定要寫封email給他！

王老師年紀應該很大了，其實我常常會擔心他的健康狀況，因為讀他的書對我來說永遠獲益良多，如果失去這樣一個作者，我會很失落。

王老師竟然回信給我了！真是太令我驚喜，並不只是他地位崇高卻願搭理我這隻野猴子的問題，而是他那麼用功勤學的人，竟然還有時間抽空回信給一般讀者！

所以我實在更是敬佩他！也不敢再多做打擾，我覺得他的時間當然要留給更有意義的事！

能收到他一封回信，我已經非常滿足。

說到底— 我根本不是一个寫作的人吧?!一封信都寫不出來,但已經突然憔悴到和王老師一樣老了……真是莫名奇妙呢…

當然,寫信給王老師顧慮還很多(自我限制的),例如,我絕对不敢說自己也是作者!因為和他比起來,我只能去扮猴子演特技,把香蕉当主食。還有,我絕对不希望老師來看我的作品!那会太污染老師的眼睛了!在我心中可得諾貝爾文學獎的大師,絕对不要被劣作傷害了才好!

很多讀者寫信給我,最後者陰說『不必回信給我』,

我了解你們的心啊!因為,就算我花了很多精神寫信給王老師,我也不企求他回信的!!

從今以後你要更加珍惜讀者的情意呀!猴子都有人愛,實在是你命好!

也是大家太仁慈!!

好吧…今天我終於把信寄出了,內容大家自己去吃根香蕉就能了解了。我很高兴我終於了了多年心願,向影響我最大,也是我最喜愛的作家王鼎鈞先生道謝了!希望他能寫出更多的作品,造福世人。(及感化猴子?)……

我那個年代的人,除非學的是電子電腦資訊計算等相關科系,否則是沒有在碰電腦的,學習操作電腦、學習打字輸入,都是後來再去上補習班或自己私下研究摸索的。所以更不要談我這一代以上的人!而且早期的電腦可不像現在這麼容易上手,我印象中還沒有WINDOWS之前,我連開機關機都不會,中文輸入也沒有注音輸入法,還要死記強背拆字原理,光是這一點我就跨不過去了。

所以能收到王先生的一封EMAIL回信,在某種程度上,我認為比親筆信更難得吧!

獵戶　星空下

從我自台灣回美後, 幾乎每天晚上, 我坐在沙發往外看, 獵戶座總是清楚地躺尚在夜空中, 尤其是那三顆一直線的星, 每天夜裡, 總是整齊地併排坐在那裡…是的, 天氣太好了, 好幾天天空都無一片雲阻擋獵戶的現身! 也因此, 每天白天, 太陽也毫無保留地發光發熱, 暖到連我家暖氣悄悄壞了, 我們卻一臭知覺都沒有!!

室外溫度計 →

我們家暖氣系統真好, 現在屋外都零下一度了, 屋內還很暖!

是不錯, 而且最近還變靜音呢! 不像以前有臭吵!

↑
白痴, 是因為壞掉了, 才很安靜!

有好幾天, 更在清晨和夜裡, 氣溫还低到零下二度呢! 以前的我總以為氣溫低就会下雪, 其實下雪和氣溫並沒有必然的關係! 如果沒有雲, 就算氣溫再低也是不会下雪的! 而, 也因為沒有雲, 每天早上我醒来, 正打算懷疑暖氣壞了, 太陽又立刻快速地把室溫升到20度以上,

這樣反反覆，我終於在獵戶座前反省我的多疑！

腰帶啊……我以後一定不要猜疑太多……

那三顆併排的星。

可是很快地，雲兒們漸漸回到天空中，獵戶不但逃離了，連太陽也被廢了武功！寒冷終於很快襲擊了我們!!

奇怪！暖氣什麼時候壞掉了？！

（挪威級配備）

不知道……不會又是你弄壞了吧？我懷疑它在我在台灣期間就壞了！

（台灣級配備）

好吧！我是事後諸葛亮！之所以我認為暖氣在我回美之前就壞了，是因為当我從机場回到家那天，我一直覺得家裡不知哪裡不对勁，現在想起來，是我一直沒聽到屋外主机如常地吵鬧：連我後來几天每日去屋外拿信，家園都是一片寧靜──主机根本沒在運轉！

暖氣又壞了，我們又回到非常時期的升火取暖，但，這一回獵戶座完全背叛了我！（關獵戶座什麼事啊）

不得了!!著火了！著火了!!

怎会這樣？煙囪太髒了嗎？

結果主機換新之後，我才發現家裡的空調系統在我們搬入之前早就有問題了，雖然那個小問題不至於影響整體功能，可是它還是並不正常──正常自動控溫下，當溫度達到設定室溫時，主機會休息暫停運作，室內風扇應該也會停止轉動，這時屋子會變得異常安靜。可是我們的空調從我們搬入時，主機雖會隨溫度暫停運作，但是室內風扇卻從未停止過，我們也一直以為那才是常態。

所以換了新機後，當溫度抵達設定，突然一切全靜止，我和大王都立刻大罵『新機器竟立刻就壞了！可惡！』

其實也不是著火，而是不知怎麼地，在火爐外的火，像火霹靂的火花，從煙囪頂出，不斷灑下！它並不是灑進屋內，也沒把煙囪燒毀，但火花不斷從煙囪頂往外灑也很恐怖，外面雖冷，也是天乾物燥地，不小心引起火災或別人的火災，也是罪過!!

冬之謎
為什麼生火，煙不會往室內跑，卻會往室外去？來自台灣的我一向不太明白……（因熱氣會向上？）
又為什麼，火花會這樣亂噴？是否是因煙囪太髒了？我也不太明白……（因木柴不夠乾??）

我只知道，又要修暖氣，又要找人來清煙囪，國外的生活真是很難過！「小康」好像也不足以应付這些意外！

我受夠我們一直修暖氣了！
不如買一台新的!!

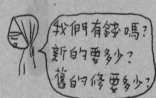

我們有錢嗎？新的要多少？舊的修要多少？

不要說我家的后楼（梯）一直拖著不修，實在是每年要翻修、整理的東西太多了，加上這些突然会闯隙的東西，实在有錢也不够句花……

三四五的新主机快裝好了，再忍一下

希望這能至少五年不必修……
煙囪先不要清了，好貴……
80元的小暖器.

也是圍爐

年底也找人來清煙囪了，一次要價一百，真是貴啊！
雖然我不懂，但看起來他們也只是用一台吸塵器伸入煙囪內四處吸而已，頂多就是那台吸塵器可接很長的管子和刷子，可以在煙囪裡從上吸到下。
這樣也要一百美金。

說服自己

說服自己真的是最難的事!
你知道那个人不愛你了,可是你还是不能放手……
你知道這塊炸雞吃下去,今年的減肥計劃又無望了,你还是要吃……
你知道父母有一天會離開你,你还是無法立刻孝順…
我知道不是天天過年,还是想回家……打從前年回家過年,我就有点昧到了,家人團聚的溫暖快樂和幸福,讓我回美後仍久久不能忘懷,我以為我最終还是克服它了,結果今年回台更慘!幾乎有种更確定「回台是一生最幸福」的事!我甚至偷偷地開始重新設計我在台灣的小房子的裝潢隔間!

把客廳加大…放一个大桌子,假日家人可來聚餐…

妳這一星期以來都在做這件事,不会吧!?妳是來真的嗎?!妳要回台灣住了???
那我怎麼辦?!妳要拋家棄了了嗎?…

我是真的莫名奇妙地完成了台灣房子改造的設計了!可是,我終究还是從做夢回到現實中了……

說起來，
我弟實在很死撐年輕，
到現在還沒成家是怎
樣？
我媽也像看破紅塵，
真心說出『你們不結
婚生子都無所謂，甚
至很好。』
所以我也不生子了。
只有我姊姊是按照劇
情演，也結婚也生子
。

真是一個不如一個，
從老大往下遞拖爛？

搞不好原來我還應該
有個弟弟（老四）？
但他說『算了，我不
想被生出來了。』？
• • •

没這回事…

不好

一定是因為我那不長進的弟々还沒結婚的緣故!!…

可惡!一定要寫EMAIL叫他去相親!!

畢竟，如果他結婚了，以大家這年紀了，还該要爭家產更鬧進法院才是!哪裡还能像小時候那般地相親相愛？

這个人瘋了!一家人感情好也不滿意!! 而且他家哪有什麼產啊

請別說我瘋了！各位癡情男女們啊！(就是你!)請你回想你最不能放手的一次恋情！是不是想天長地久直到老？是不是認為沒有她(他)，你还有什麼人生可言？我也是這种心情啊！只是我是恋家，不是恋人，但心態其實都是一樣的！

我是靠著找到「原來是因為弟々还沒結婚」這原因，才能從夢中回到現實的！

怪了耶!!

女孩自己想家和我結不結婚有什麼關係啊?!

我就会接受天下没有不散的宴席…

因為我們的姊々过年要回夫家去，我就覺得她不和我們在一起也沒關係!!

如果弟々成家甚至生子了，我就会覺悟自己是打擾了別人的家庭！這樣說好像很奇怪，但這就是人類，就是人生！——每个人終要離巢去另組一个自己的家，人類才得以延伸下去！這才是現實！而不是欧巴桑了还不能斷奶，成天还在自以為是小可愛！

沒有任何事是永遠的，偏之人年紀愈大反而就愈念舊，
稍微吃到過去的一点甜頭，就想留在那裡老死…

時光

多少次了，
我告訴自己不
要「安住」，可
是还是一次又
一次忘記…

天下為家
↑
新座右銘.
↓
地為母

我还想起，自己從來沒和家人一起出國旅遊過，我曾
看过的國外無數美景、奇景，好像都是我自己的事，雖
然家人是如此親，我还是沒能和他們分享我的人生！
我們还是各自有各自的人生路！有時連陪走一段，都不可
得！最多最多也只能互相探望了…但，仔細想，都是我回
去探望他們！這些人到現在还沒有一个人來探望過我！！！

我是
住在天地
是不是?

你們竟沒人來
看過我! 有沒有
太無情了叟?

壞面人

To 家人們:
果然是你們
的錯!!

嗚一

我真是老來多情，
這次回台竟然想
帶自己的枕頭
回去…

（睡久了有感情）

好吧! 有人說，寫作是一种自療，站在現在這立場，我真的覺
得寫作幫我自己想通很多事! 至少這篇寫到最終，我已
能再次釋懷沒和家人在一起的無奈感，而且也決定好
好繼續自己的人生路。
有你沒你都好，只要我們仍互相祝福对方.關心对方，
這，仍是温暖的好人生。

首都之旅

每个住在台湾的人，就算不嚮往都市生活，也会觉得应该至少要看台北是怎样的吧？我住華盛頓州，就很希望能看這州的首都「奧林匹亞」究竟是怎樣的？和西雅圖比起來，它究竟是方是扁？

嗯…

住華盛頓而沒見过首都…確實很怪！我也很好奇，去看它吧！

真的!? 太好了!!!

且說本州，除了西雅圖之外，第二繁華的应該是塔科馬了（TACOMA），連位於反向的東方都市史波砍（Spokane）都比首都 Olympia 大上很多！——從地圖上來看！

沒見過，這麼不如何的首都···

對了，台灣不是有一些人提議遷都嗎？用國外眼光來看，其實遷都也沒什麼大不了的，首都不是最大的都市，在美國比比皆是。

西雅圖

塔科馬

奧林匹亞

史波砍

WASHINGTON

所以我心裡早就有準備，不要对首都有太大幻想！

地標吧……

但是這也差太多了吧!!開了二小時抵達首都，只開2分鐘首都就看完了!!!

這确實是超乎我想像啊!! 雖說我本來就没寄望很多!!!……

我不是說奧林匹亞不好！做為一个小地小鎮，它还是有它的風情，只不過是……很難把它想成是像「首都」這樣的地方罷了!!!它的古老歷史建物雖也是有特色，但和西雅图比起来，实在也是少太多了！反而「中等新」的建築很多，有一种舊得不夠、新得不新的感覺……道路也完全没有一般人会对首都預計的大條。

來都來了，下車去走走看々吧……

那辺有一家古董店

是嗎？

你眼力真好，我怎么都瞄不到有什麼商店？

＊勿抱著自實心情去奧林匹亞＊

另一種思考

也許遷都反而好，這樣抗議政府就不必擠在大都市，也不必影響只想好好上班作息的人。

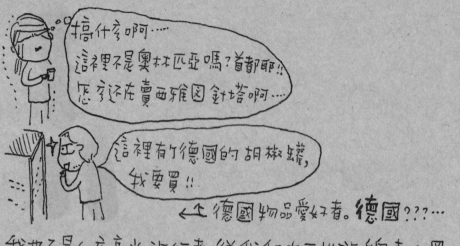

我也不是什麼高尚旅行者，從我和大王出遊總喜欢買當地名Ｔ恤的行為來看，你就知道其實我倆也很膚淺，可是，連我住的小地方Kenmore，我都有買到Ｔ恤了，在奧林匹亞竟然只買了一个德國胡椒罐!!怎不教人落寞……

←↑ 德國物品愛好者。德國???…

← Kemore Ｔ恤：超驕傲的設計，竟然自己和巴黎.倫敦等都市「平起平坐起來!!!

註 kenmore的特意是Sea plane/海飛機.

匆匆就這樣結束首都之行了，也許是我們真的自己太走馬看花了，只能希望日後對它有更正確的了解了，只是，還有下次嗎？我懷疑著……

我家的船就停在ＫＥＮＭＯＲＥ飛機場隔壁，所以我常常看見他們的海飛機，但是我從沒進去過機場裡面。

剛好有一次新聞拍到ＫＥＮＭＯＲＥ機場，這機場主航路線是西雅圖到加拿大，以前聽說不必護照的，但現在改了，又說要驗護照，所以登上了新聞。重點是，我看到ＫＥＮＭＯＲＥ機場嚇一跳，因爲外觀不如何（好像只是個普通停船處，因爲是海飛機，升降都在湖上完成，所以並沒有跑道機坪什麼的），但新聞畫面上，機場內倒是看起來很乾淨很大！

下次去加拿大玩的話，或許我該試試ＫＥＮＭＯＲＥ海飛機，應該很特別。

我 ♥ 料理包。

基於生活環境及習慣的不同，圖許多歐美國家的人，也許因為購物沒台灣方便，也許因為下雪不利外出，也許因為生活狀態忙碌，他們生產了很多利於長期存放、又烹煮方便的餐包！

* 挪威產品 *

* 有各式不同口味 *

我說的不是那种微波加熱的成品食物喔！

是像這种全乾燥的料理包！

在美國可能真的是生活型態不同，我發現即使是亞洲的東西，來到這裡也充滿了久存性或便利性。
例如我最近迷上台灣製的米漿粉，把粉包倒入杯子再加熱水，攪拌攪拌，就是一杯熱熱好喝的米漿了。

第一次阿烈得推荐我吃的時候，我驚為天人！当時試的口味是「墨西哥料理包」，打開包裝，裡面所見的全是乾粉狀，自己需自備的只有現成的肉片削或絞肉，把肉炒一炒，加入水，加入粉狀料理包，一起煮熟，就變成好吃的像燴飯之類的東西了！（裡面已混入米，不需再自己煮飯）

我現在已經知道這个秘密了…

最近我已經開始寫第十集的交換日記了，因此每天都很忙碌，實在沒什麼心思煮好料，也因此，我去超市買菜時，就特別注意這類快速、便捷的料理包！果然，美國也不缺！

个說明。

實在太方便了，我只要再買肉自己配就可！！

而且，看來美國人確實是更追求「省時、省力」的一群，挪威料理包雖然已經夠方便了，但畢竟还是要花一点人力，三不五時去攪一下鍋，美國的則完全不需要！只要把水加一加，乾料倒入攪一攪，肉放在上頭，放入烤箱，半小時後就全部完工！中間完全不必去看顧一下狀況！！！

裝盤後丟掉盒子，誰知道？我又是一个厲害的好太太！！

当然囉!尋常的微波快速食品我們也常吃,這大王当然知道!可是像這种不需冷凍冷藏的乾料理包,又搭配現成新鮮肉類一起煮,实在不太容易露餡!!(而且它不放在冷凍食品区,也不放在肉類区或蔬果区!!!平時不易查覺到)

順便一提,
冷凍蔬菜
包也很好
用…

根

在美國住久了,難免会有那麼一兩樣食物,偶爾会超級想吃到!!我這一陣子的夢中情人就是滷白菜!!!

故鄉

太好了!美國有賣白菜!大王应該從來沒吃过白菜,煮來讓他試一下也很好!

來美國最大的收穫就是:

我廚藝變好了。

当然,我深刻了解,就像我不能接受某些挪威食物一樣,大王也不是所有中菜都能接受的!國際煮婦又再次下了一ケ中菜西煮的決定!我決定用奶油(butter,不是cream)加足量的水,適度鹽和胡椒,來「烘煮」,我預計,它还是会像滷白菜那樣爛的,只要是這樣,我就可以滿足了。

当然，我也是精算的太太，既然要用烤箱那麼久，只為烤燜爛白菜，這樣也太耗电力了！我同時決定煮烘烤鮭魚当主菜！這樣二樣東西一起烘烤，感觉就省很多能源！

果然，阿烈得很喜欢白菜!! 但…

酒足飯飽後，我也是很滿足，白菜如預計的爛，多少滿足了我想吃滷白菜的心願！……但，突然間，毫無原由地，我突然想起小時候常看的農民曆背面的「食物相剋图」!! 我記得我小時候很喜欢看

結果白菜英文叫做：

Chinese Cabbage

中國　包心菜

那一格一格的小圖，雖然內容早就忘記了，可是印象中好像鮭魚曾經出現!! 而我的民俗常識中，白菜也常被說「性寒」，好像不宜多吃… 還有什麼？我全忘了！是否就是它和鮭魚相剋？我完全不敢肯定！

糟了!!

我會不會讓一家二人一貓全部中毒啊???……

MANY也有吃!他是人類吃的他自己也吵要試吃一口!

萬一… 萬一… 誰來叫救護車啊?

你沒事吧? 有沒有感覺怎樣?

中毒跡象什麼的??……

什麼!?

妳在食物下毒了嗎?

好!?

沒有!! 沒有!! 我只是怕你吃了新東西，胃不適應!

各位鄉親，請問，如何向一個外國人解釋農民曆、食物相剋這一類的東西呢？乾脆告訴我信阿湯哥的山達基教好了！還比較容易解釋些！在我自己也沒確定白菜和鮭魚是否相剋的情況下，最後我只好假稱自己拉肚子，來圓滿解釋這一切……

一定是妳自己下午亂吃了什麼了

對… 我好像吃了過期的果凍…

有些事情是開玩笑的，有些不是‧‧‧

大王以前剛來美國時，也不知是水土哪裡不服，常常拉肚子，因為找不出原因，他還一度懷疑是當時女友瑪優對他慢性下毒。

當他第一次和我提起這件事時，我笑得差點沒溶化在地表，結果我卻看到大王認真的神情——他可不是在開玩笑！

可是我自己也很犯賤，從此我都半開玩笑地嚇他：「今天晚餐有下毒喔」、「這杯咖啡已經下毒了」‧‧‧等等。

謊話說十次總會讓人懷疑它是真的，我覺得大王後來好像也開始猜疑我會對他的食物下毒。

所以有時候我們吃飯時，我若不小心選用了兩個不同花色的盤子，他就會半疑地問我為什麼？還說他那盤可能有毒，我那樣做是要當識別用！實在把我氣得天花亂墜，要和他換盤吃，他又說我可能利用人性（他的人性）耍手段！

我實在很後悔自己那樣開玩笑！不過，大王你也太離譜了！誰要對你下毒啊？浪費毒藥！

驚魂夜

在美國,也經常聽見民宅被闖入的可怕社會新聞,我一直以為,那只是故事裡的事,沒想到,昨天半夜發生在我們家,一群黑衣大盜不但闖入民宅,還闖入「民床」!

最驚魂的事是,妳老是在背後說人家壞話

半夜一

呼
呼

你幹麻半夜了還不睡,拼命在我耳旁吹氣?...

不是啦!
手好癢....
好像有東西在爬....

沒心情和你調情喔...

劇情到此,我和大王都突然警覺起來、睡意全消,立刻打亮燈!!

可是，這對我來說猶如置身恐怖希布電影！在你最鬆懈的一刻，突然發現不明物体竟圍繞在你身边！等著对你不利……

而任何恐怖的事，或東西，通常都是不講理由的，我們的床哪有任何東西誘螞蟻动心的？可是他們突然出軍攻來！大隊夜襲

大王反應很快,立刻開始扯下床單,我也不差,
立刻去置衣間拿出新床套。半夜三更,夫妻倆合
力打退黑衣大軍,同時也搬出武器——香水,
大洒大噴! MANY 呢,因為也不能做什麼,在旁
邊當啦啦隊,不停①跳著各種啦啦舞步!

← 啦啦逗貓棒。

終於,打贏了仗, 我們奪回我們平靜的
夜,又累又冷,總該要好好睡上一場吧?

牌照稅

每年的四月份，就是我繳汽車牌照稅之時！但在美國，並不是人人都在四月份繳牌照稅，它取決於你的車購入的月份。我家剛好有兩輛車都是在四月份繳牌照稅，可以說，有它便利之處！……

我又要白癡了。

讀者告訴我，台灣也是這樣的貼紙系統···

明天我要去換 Tab,

要不要順便幫你那輛四月的車也換一下？

真的?! 妳要幫我換?! 您真是好心人啊…

每年都过期未繳的人!

怎樣知道一輛車过期未繳？其實很容易：看大牌就知。

放大図

二張貼紙。

612 NRI

4　2006

車号（這並不是我的）　（月份）　（到期年份）

月份的貼紙只有那一張，永遠不變，年份則是每年加貼上去，只要繳了錢，就有新的一年的貼紙，每一年份的貼紙都有一个固定的顏色，例如今年是

黑色，去年是綠色，所以交警一目了然，只要發現你過期沒換貼紙，就可輕易把你攔下罰款！

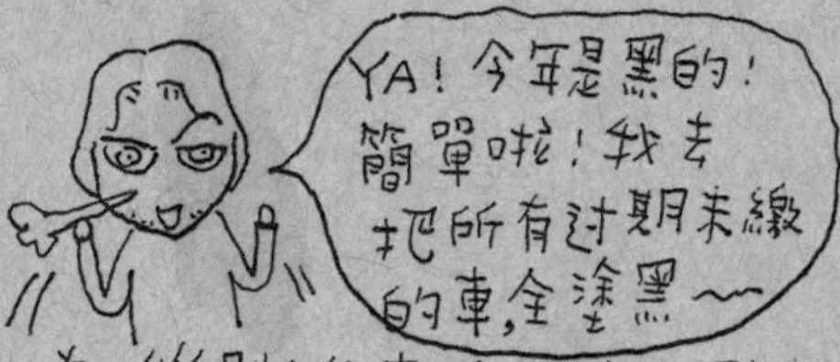
YA！今年是黑的！簡單啦！我去把所有過期未繳的車，全塗黑～

可別以為，從別人的車牌上撕下貼紙再轉貼到自己車上就ok，或是自己用印表機印來貼也可混過，事實上也沒那麼容易，貼紙質材特別，一旦貼上了，要撕下就會碎斷，而且造假也沒用，電腦上你沒繳費也是有記錄的，逾繳、造假都有罰責！

我真笨!!
每年都忘記可以用郵寄換發！
或線上繳費
親自跑很麻煩說……
算了吧！沒提早郵寄，現在還是親自跑一趟比較快！

在美國，這些公家機關付款最通行的還是個人支票或現金，其實信用卡並非萬無一失，甚至金融卡直接扣款，也不是絕對通行無阻！

兩輛兩總共168.50 對不起，不收卡……
支票ok！
對不起，你剛才說多少錢？
……
糟…太慢了…我不習慣寫支票…啊！抬頭要寫誰？…
怎麼拚啊？……D什麼？

美國人再一次被證實實在很傳統！
這些公家機關竟然到現在都還不能用卡付賬！（不是信用卡，是金融卡直接扣款，和付現金幾乎沒兩樣），單純信用卡不收我還能理解，竟然不能用卡，卻願意收支票，實在是太慢了啊！難怪作業手續快不起來！
而且我並不喜歡寫支票，又緊張又會催自己快，又怕金額寫錯，實在是天下最麻煩的個人付款方式啊！

何來，去這些机関辧事，都是民等員的説，而我
卻是誤員都把東西弄好了，在那裡等我付錢！

連續好几年，我都忘記上網或郵寄這种方便
的繳費方式，我一直在想「明年一定要享受到這
便利！」結果上網一查，明年我的車要檢查
排氣！（依車子年份輪，不是年年都要檢查）

所以這篇文章是去年寫的・・・
今年我要做的事可真多，除了檢查排氣，駕照也是今年到期要更新了，所以今年完全無法方便。

期待明年我終於能享受到郵寄或上網方便繳，明年再見啦，方先生！（方便）

自製 半鐵門

本來四、五月之時，也應当是我和大王前去欧洲探子之時，但因為現在有了MANY了，所以這次欧洲行我決定讓大王自己獨行，我留在家陪貓。

妳不会以後都不和我回欧洲了

会咁！這次只是也順便休息一次！

而且以後找到好的貓寄宿处，我就会去！

大王預計四月底出發，不過我從四月初就開始積極設想佈置「安全系統」了！

你以前不是說，有一隻貓陪就不会怕了？

友 VVN

那是指「不会怕鬼」…可是还是会擔心壞人！

以前要是有壞人闖入，我一个人逃命就可了，現在还要帶著貓一起逃，困難度較高…

我除了準備再度準備逃亡行李（手電筒、貓提籃、鑰匙、錢包、一把防身小刀），我也打算再度駐進「警衛室」
—— 門口旁的小書房，一有動靜可第一時間查覺。而且，我还打算改裝大門！

→ 玻璃。

這种大門實在令人太無法安居樂業了!! 雖然我第一次一人顧家時加裝了鏈條鎖，但，說真的多徒只要打破破璃就可衝進來了！

裝有一萬个鎖也沒用…

強化玻璃

為了門上那片玻璃，我還特地上網了解玻璃知識。

因為我的玻璃角落有註明它是強化玻璃，可是電影裡也看過，有些強化玻璃蠻力還是打得破的，所以我想了解一下到底打不打得破？
如果真的打不破，我就不需費心裝鐵門了，不是嗎？

（續下頁）

每回這种時候，也是我唯一会想念台灣的鐵門鐵窗之時！
鐵門，多帥啊！就算多徒打破玻璃，也还是沒路用！
行動派的我，有一天早上醒來，就如得神旨，立刻買了一片鐵的牆壁掛飾：

鏤空雕花

我打算把它牢牢固定在門上，蓋住大門那一整片玻璃!!

妳有沒有愈來愈走火入魔了…

和我一起去歐洲不就沒事了！

雖說我家大門中間是一塊大玻璃，但原本玻璃上也是有覆蓋百葉扇的，所以人從外面並不会直接看進來，要裝鏤空雕花鐵飾片(大)，必然要將百葉簾取下，

安全雖然很重要，但太過「衣不蔽体」也不是我会滿意的！把玻璃換成霧玻璃？如果是這樣，我早乾脆換一个全新的門！还比較省事实！不過，我还是利用網購買了DIY霧玻璃的漆！（塗料），打算自行把原玻璃變成霧玻璃!! ⟶ 經濟又達目的！

一切都準備萬全了，塗料送到了，我也□買了新粉刷滾筒，也用膠布把門辺都貼好了，但第一筆滾下去，我就知道註定要失敗！……

新滾筒上的毛屑黏上去了!!!

天啊!!人家特別買新的說!!没想到毛屑卻没処理乾淨!!

我，因為怕塗滾時貓咪來乱，特地選在夜深人靜，大家都入睡後，才一个人在那裡半夜刷漆的！一切苦心不必面談，我想了半夜，決定不去理会，繼續把它刷完！畢竟，誰知道呢？搞不好乾了之後，又是另外一个好風景！

漆

當然，我又是做夢而已！因為怕記著結果，我□晚睡卻又起了个大早，急著去看「另一个好風景」….

← 又骯髒、又毛、又不勻。（夜晚不是油漆吉時）

← 流淚的石像。

結果得知，強化玻璃只是較不易破，並不是打不破，而且它有個特質是，當它破了，它不會有尖銳的玻璃角狀，它是呈安全碎粒狀碎去的，為的是不要割傷人。

我大吃一驚！萬一歹徒打破了它，它還自動安全碎去，讓歹徒不受傷、不受阻地進屋呢！

這就是我為何還是決定，如此花功夫地改門。

我当然馬上動手開始除漆！因為擅自決定改門的我，並不希望大王看到此景而升格為「早知道大師」。除漆有多難？相信有常識的村民都知道！如果不是在玻璃上，根本想都不要想了！

早起最健康…
勞動最有益…
↑
見鬼了…

就這樣，大王入睡前，玻璃是乾淨的透明玻璃，當他起床時，玻璃仍然是乾淨的透明玻璃……

嘿…

妳不還沒開始漆呀？

沒…
我在沈思運功

大師下筆前…都要這樣的…

二度上漆、一次剝漆，我的DIY霧玻璃也總算完美地完工了！但，這还只是改門進度的一半而已，再下來的安裝鐵窗欄才是主角登場……請祝我這個「保安工程師」好運，我要為下一場開始沈思運功去了……

計画図

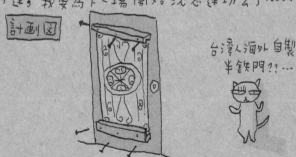

台灣人海外自製半鐵門？？…

從屋外看。

除了玻璃上霧，並裝上了花鐵欄，我後來又買了一個淡藍色的布簾裝在屋內門上，布簾當然足以擋住全片玻璃，但是這張照片簾子沒有全拉下，因爲每次我外出回家開門時，都想確定貓咪沒有在門後，所以留一個縫來看影子。

5週年留影:

五月份又要到了，轉眼就是我和大王結婚五週年慶了，由於有過往的「法蘭西斯号驚險」，這次我特地提早開始睜眼找禮物！只是漫無目的地找了一陣，我發現一点成果都沒有，不如放輕鬆看電視……別覺得可疑！我這次还真的因為看電視而找到禮物！而且可不是購物頻道！

連大王收到禮物後都不知道那是什麼！
但是經我一番解釋後，他也嚇一跳，而且那雕像木柱完全合他的側影，一點也沒有因為是拍照而尺寸失真。

用你的側影線條，做成獨一無二的木柱……

某个美國頻道的一个叫做「I WANT THAT！」的節目

哪阿！好特別嗚!!!

雖然一点用处也沒有呢!!

看得出來嗎？
這一個是我的側影。

沒錯，一點用处也沒有，不過就因為它特別，我还是決定來ㄍ「五週年留影」紀念！我於是找去該網站詳細了解訂做的手續.步驟！

http://www.turnyourhead.com/index.php

網站上詳細地說明了拍照（側影）的條件，要在側面持一張標有尺寸的白紙，以供對方製作一ㄍ完全符合你側影實際尺寸的柱像！

我当然立刻著手進行！在白紙上用粗黑筆標好尺寸，然後也很快地去拍照……

為何要我握紙拍照？我又不是犯人？！

亨ㄛ麻亮灯!?

别ㄛ囉唆！給我轉側面!!

配合一点，大家輕鬆!!……

刑警ㄛ氣!

這樣也能慶祝結婚五週年？真不可思議……

好不容易強迫大王拍了一張，但，当我把照片下載到電腦後，才發現我徹底忘了一件事——網站上說，拍照背影要白的！(至少要素面的!) 而我們的背景卻和刑警逼供室也差不了多少……

喂！

站到這面牆來！再拍一張！

這樣你就出獄了……

白紙標。

下……

我工作正忙！竟要這樣煩我！！

大王大概真的工作很忙，竟然也沒心情追問我究竟在搞什麼鬼！一拍完又立刻投入工作，連預覽一下照片都沒要求！這對我來說，也真是大事！我可以不必編謊隱瞞！

可是，

不是我在說，照片拍起來，大王真是臉色有夠差的……

還好是團佳側影，只要線條有顯出，就算是氣到臉紫，都無所謂啦……

這一個是大王的側影。

所以我們家壁爐兩旁現在不擺蠟燭台了，現在是一皇一后各站一邊。

燈神小傳。

幾個月前，我家廚房外的露台的屋外燈壞了，本來我也不以為意，反正天黑後，誰還會待在屋外賞園？可是呢，在參觀見了一些居家安全的網站後，赫然了解屋外燈很重要！它不但有嚇阻強盜的作用，也是自己緊急逃生的明燈，所以我也正經起來，決定把它恢復光明！

這段時期正是大王前往歐洲之前，我拼命做安全工程，連燈都不放過・・・

哎呀！原來是電線從底座脫掉了...

混蛋！也說我出去呀！！...

也不知從何時起，我在美國的身份突然很像天生有慧根的水電工，不但常無師自通，甚至

还功力愈來愈強，我常自己修復電器，連各式
不同的基座改換也難不了我！例如從這种灯
座  改成這款燈座

夾灯. 通電溝.

或從插電的 改為開关式的 也完美学成！彷彿已經到達通神鬼的境界，成
為火燈神～

屈ㄅ一ㄍ屋外燈算得了什麼？我連買新的都不願
意！因為实在太有辱我火燈神的名号啦！

倒底誰
封妳燈
神之号的？

買溶絲
的哂

妳確定
妳会修
？

毫無疑問

如果灯神
不会？誰还会？

我十分確信，電灯不亮是因為二端都從底座
脫落了，電力不到達灯管，灯当然就不亮！

夾入式灯管

我買了熔絲的器具後，
打算把電線接回底座

電線從兩端燒斷落了。

熱

結果我失敗了！ ← 喔！～多麼誠实！媲美砍
櫻的華盛頓！

因為灯管的底座固定死在電燈的兩ㄍ死角，而
当初裝灯泡，電線又留得不夠長！我怎樣熱熔絲

這一區的燈本來是一條通電
溝上有夾燈，我把它改成正
常的圓洞圓燈座，當然完工
後，免不了要補天花板的油
漆。

也只能熔黏在完全不需要的地方，实在無法閃又要害！

所以还是得買新灯，

反而白花了熱熔絲的錢？

買新燈绝對罷信会自己安裝？

「人定勝天」，我現在回復成凡人了，一定没問題！

而且你這什麼都不会的男人，最好閉嘴乗乗出錢！

既然，情況已經是得買新燈了，我看了半天，決定買那种「感應式的」，会自行亮燈、閉灯那种，更有嚇阻不速之客的作用！請別覺得我太過緊張过敏，我相信安全一定是降臨在有準備的人的身上！

我不相信妳有自动装自动開閉的灯！！

②但，我最近股票賺了一些，就不計較还得再買一个正常的灯了……

阿娜達…

③如果有一天，我奪回灯神宝座，你一定是我背後那一个男人！

④不…不必了…

⑤不用客氣，反正都是因為你這一家之主不会弄，又愛把事情，我才得会的，妳是因為你出錢支持…

不必说，我這次当然成功一雪前耻，雖然因為我粗心，没事前觀察好，買到不同底座的灯，但，那当然難不了我這个曾經是灯神的谜樣歐巴桑……

不必說，這個燈成功地完成了！
它現在是自動感影而亮的燈，不過我也被它嚇過數次，因為有時是浣熊深夜來訪，有時只是風大牽動樹影，這樣它都會亂亮燈，好像小松小柏老師喔…

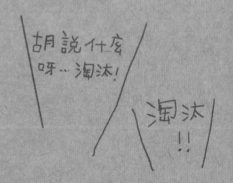

胡說什麼呀…淘汰！

淘汰！！

清幽 的 寫作計画

第五天了，換言之，我治過了四ケ晚上…再四ケ晚上，我就要脫離苦海了！

據說，上回自製半鐵門一寫出，聞者皆免渡！請不要為我感到心疼一一我並不覺得自己可憐，只是我覺得我已經瘋了！而且瘋得很可笑!!我每天都有保全新點子，一項比一項更神經病！

第一晚，我和愛貓MANY一起把自己鎖在大門前的「警衛室」一客廳，而且趁天未黑之前，我在家裡各廳各室四処亮燈，以製造出「有人在家、且都夜貓」的假象！但是，儘管如此，半夜一聽到奇怪聲响，还是連人帶貓一起跳起來！

現在比較了解MANY後，回頭看這件事就會覺得——MANY真是獨處時最不該找的伴啊！因為平常他一點風吹草動就會很JUMPY，簡直就是緊張王，有他作伴更會自己嚇自己！

MANY！你聽到什麼？有人來了嗎?!

←書讀不進去，更別說原先預定好「清幽的寫作計劃了!!!

貓的神經緊張有時更嚇人！

兩動物幾乎一整晚沒睡

2006/05/08 08:09

這張照片訴說了許多故事。

第一點，當然你們可以看見我半夜起來貼包裝紙在門上的成果。第二點，那個門鎖鏈是再前一年我獨守西雅圖的第一次工程，不過，在第二次工程中，它換位置了！它由門的正中央換到上頭，為什麼呢？因為裝了自製半鐵門後，我發現鐵欄杆和鐵欄杆之間的間隔似乎足以讓一隻手由外面伸進來打開門把和門鎖鏈！（如果玻璃被打破的話）所以我把它換到高處，這樣比較不易觸及。

（續下頁）

沒睡在幹嘛呢？奇怪了，我和MANY也沒玩，就是各自不停地在注意外面的聲響 → 這真是世界奇蹟地人貓默契，一起發呆耗時間！隔日，我覺得這樣不行，太傷神了，於是我決定加強保全，夜晚才能好好睡覺！

我家最底層的平面圖是這樣的：（我現在睡最頂樓！）

因為也有不少門窗要擔心，我決定，除了確定它們都已經關好、鎖好之外，再來個一樓大總結！

走道那裡通往二樓之前，一共有三扇門，三扇門皆是有把手但無鎖，所以主臥室那扇門，我用繩子把它綑綁住，

 ← 如此。

而洗衣間和衣帽間則互綑：

如此一來，我想我再也不需擔心一樓的那些門窗！…結果，第二夜睡得比第一夜更少！！！

（（緊張））　（（緊張））

○如果從二樓闖入，我們逃亡的時間反而更少！

二樓怎麼辦？一樓防治得那麼嚴，結果二樓變得更好闖入…

註：我家因為在坡地，三層樓皆有觸及土地的部份，所以要闖入二樓，並不需要從樓下爬上。

二樓窗戶及地面的地方，當然就是廚房旁的二大片玻璃落地窗，那裡我除了上鎖並加木棍抵住滑溝之外，也沒什麼好方法了！

第三夜，我覺得我幾乎睡得更少了，我自我剖析，我覺得自己警戒的狀態其實更勝於害怕，我不知為什麼！自我警戒的心完全無法鬆懈下來，彷彿我天生是个保安天才！…晚上看電視，又剛好電視在播謀殺案解析，被謀殺的女人因為習慣不好，沒有鎖窗、鎖門，門窗也都沒裝窗簾遮蔽……

第三點，發瘋地考慮，萬一歹徒就是觸及了門鎖鏈了呢？那也要他不能拉得開！所以我用了一個超強壯的鑰匙圈環連接了門鎖鏈上的兩個圈環，這樣門鎖鏈根本無法移到打開的位置！

至於，如果歹徒不但帶了打碎強化玻璃的工具，還又帶了剪鋼鐵的大剪刀，那我承認他準備太周全，我願意投降・・・

不過，這樣也要花他不少時間進門，我應該有足夠時間打求救電話，並把自己鎖進另一個房間。

到了第四晚，我甚至想要把車子開去擋住 進屋的樓梯处了!!

乾脆把車擋在這裡，就沒人下得去了!!

重點是妳自己也下不來!!

但這不是等於照告人，室內又有弱女子?

不行...

太不尋常...

還好讓我想起，我家屋外那道樓梯到至今都還沒修! 還在下半段傾斜狀態! 於是我決定弄一个告示牌:

為了您的安全，請遠離此梯，它可能隨時崩落...

太好了，這樣比較自然....

个 誇大化!!

寫到這裡，我想任何人都可以斷定，我絕对有資格去看医生住院了.....雖然我还是想發難，我其實只是太緊張又太会編故事 嚇自己.....

不過，這件事也讓我体悟到，我其實不怕鬼...

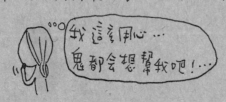

我這麼用心...鬼都会想幫我吧!...

美國 Discovery 頻道有一個節目叫做 It takes a thief 這節目找來一個曾經是職業小偷的人，來測試一般人家的保安措施，然後由一個節目主持人去找願意接受測試的普通人家，讓他們親眼目睹自己的家是多麼容易被闖進，我經常收看這節目。

可能就是因為這樣，我相信有準備還是有差的! 因為那個職業小偷就常說:

『如果我得花 15 分鐘去闖入某戶人家，我寧願另外找尋更容易闖入的! 』

換言之，我這樣準備並不是毫無意義! 是的，市面上有賣打破強化玻璃的工具，市面上也有賣鋼鐵剪，但是如果歹徒要花這麼多時間闖入我家，他可以改去我隔壁人家，因為那簡單多了! 換目標也不用花 15 分鐘。

同時這個節目也讓我理解歹徒作案的思考方式，喜歡的地點、會去避免的地理，如何找出安全漏洞，其實它真是個有益又有趣的節目。

Carry-All

前一陣子，我偶然間在伊貝發現了一樣銀製動
人的「古物」：

放零錢→

鏡子。

打開是
粉盒→
(但我拿
拿來放硬幣)

夾紙鈔
或卡。

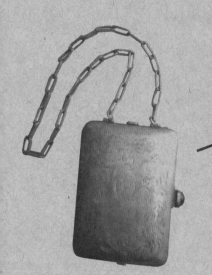

當然，因為它是網路商品，難免實際上有出入。

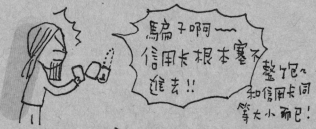

騙子啊——
信用卡根本塞不
進去!!

整個~
和信用卡同
等大小而已!

可是呢，因為它實在漂亮，我的皮夾也已經爆裂很
久了，所以我還是決定用它，另外又買了一个卡片管理
夾(不是古物)，就此丟棄了我使用了十几年的皮夾。

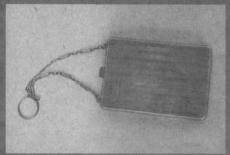

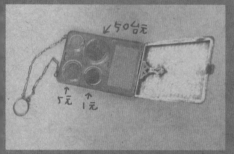

↙50台元

↑5元 ↑1元

事情並非如我所料，到第四號就結束了。

這一個是第五號。第四號的賣商騙我，他們回覆我的郵件中說信用卡可放入，沒問題，他們量過長寬。結果貨品寄到後是另一回事——若單要依長寬，信用卡確實應該可以進去，問題出在那個四號有四個剪角設計，四個角往內一縮，更方一點的信用卡四角就擠不進去了！

所以我買了這個相似的第五號，第五號信用卡可塞入，四個零錢孔我試放台灣銅板，連50元的都可放。

可是呢，午夜夢迴時，我还是多少有点不甘心，因為当初買那个粉盒包時(compact purse, 也有人稱它 carry-all)，原本打的如意算盤就是全部東西都可以塞進去、而且比一个皮夾小，可是因為卡塞不進去，我只好再買一个「卡夾」，結果造成更多東西!!

雖然是古物……

可是我想应該也有古代女人会定製大一点的尺寸的吧?

MANY, 你若同意就繼續睡…

……

果然，在網路上搜尋了一天，果然找到了另一个尺寸比較大的!

有三个零錢孔.

確定放得下信用卡!

我下了很大的決心，才買下這一个，因為它比我買的第一个貴很多, 而且外觀的図樣我也比較不喜欢!

我簡直
　　莫名其妙…… 没事買那麼多包々幹麻…

原本 小氣弟神(我弟)附身,心想拿到大的後,一定要把小的轉手賣出,並把卡片管理夾送給大王用,可是每一樣東西偏々都有它另我無法割捨處,我一个也捨不掉

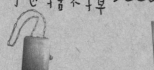

我最呷意的外型. ①号	我認為其實很實用! ②号	外又是不喜欢,可是功能如我需求! ③号

這种処境原本就夠糟了,偏々花心的我又再度看上第四者!

四个電鍍孔!!! No.4

← 可放信用卡,但比回号小比④号大
← 外观

外觀呢,对我所言又是比③号強,比④号差!我再度陷入無法割捨又難以全收的為難!!!

請問大師,我今年是否三妻四妾呢?

別問了,好買吧!
鐵口直断
母親節要到了…当我孝敬妳…

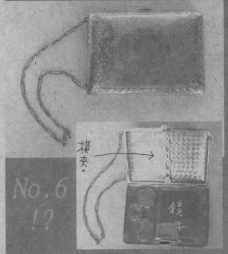

横夾.
鏡子
No.6 !?

小鉛筆.

到這裡,我承認,我是偏執狂···
上面說第五號信用卡可塞進去,照理已經是完美結局了,怎麼還再來一個?
因為,第五號的信用卡可「塞」進去,但並非完美地夾在夾子下,它只是可以「忽視夾子而放置其上」而仍可關上盒子罷了!
在這種情況下,第五號的夾子採橫夾而非上下夾,就理想多了!而且第五號並沒有第三號那麼大,它的鏡子下打開後,反面還可以當相框!相框下方仔細看,還附一隻小鉛筆!
這不就是我最終追尋的完美?
這一個之後,我就真的停止瘋狂的追逐了!
但是啊,這時滿足的我並不知道,人生還在後面等著我呢···

再來一隻。

打從上回誑大王獨自去歐洲看孩子,我就悟出一條真理…

我的日子…

不能這樣過呵呵!!

為了一隻貓,我都快沒有自己的人生了!!

我也不是沒有做過任何努力……

和我做朋友吧? 鱷魚小姐!

媒婆

VIVIAN, 我帶MANY來相親?……

歡迎

什麼東西??

↑ 自備貓沙盒 还附「黄金」!

那不会是聘金吧?

女主角! 菲力貓

我的媒婆大計是希望 菲力貓和許多來个姊弟戀(熱門),(要不然説「忘年之愛」也行!)總之,如果這一对能夠相親相愛,以後至少我和VIVIAN也能「親家互相幫忙」,有人要出遠門總能互相照應!→彼此的貓。

許多先生不惔是熱情的西洋貓,也不惔是逢春的青少年,他一踏入VIVIAN家就展現出火辣的追求,一点也不在意菲力中年發福的体態,年齡在他眼中更知無物,他甘心做黨咪手下的敗將,也不知是為了她的人,还是她的利⋯⋯?

哎—
失業的舞男
⋯⋯

不要过來!!

布魯斯感到
可是我前夫!!

我們家菲力已经獨处太久了⋯⋯

女不瘋了!? 小麥色幼齒的舞男都不呷意!?

結果另一次換VIVIAN帶菲力來我家,又是舊戲重演,只是換地方! MANY的姊弟恋註定没有結果! 小麥色幼齒舞男無用武之地,还倒在VIVIAN腳旁睡著了!令我這媒婆懷疑二貓中必有一瞎⋯⋯也因此,我和大王正式決定——再養一隻貓!!!

我的过敏⋯和它拼了!!

一个人出国太無聊了⋯⋯

聰明!!二隻貓若一起送住宿,起碼他們彼此可互相有伴!!

八月份又要去歐洲了,這回一定要去義大利! 女不別再缺席了

我也比較不会那麽掛心!

MANY正式的春天要來了!而且不必再委屈姊弟恋了，畢竟，姊弟恋的潮流也已要过了嘛……

我想还是再找一隻公的吧?公的好像比較親近人…

啊?

這部戏就演到断背山了嗎??

有肉吃再叫我…

我要去少林寺打水了…

其實,也不是因為公貓比較可人,而是过敏的大王因為和許多先生相安無事,因此就認為,再找同類的貓比較樓當!最好連花色都是一樣的!

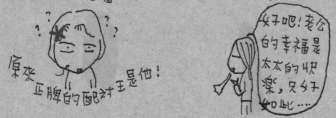

?? 原來正牌的配对王是他!

好吧!老公的幸福是太太的快樂,只好如此……

我們已经四处找貓好一陣子了,明天就要正式面对面接觸了,希望這回順利成功土也帮許多找到新玩伴,也讓我的生活得以正常

新貓該取什麼名字好?上回取「許多」,果然有「許多狀況」,這次走該叫…?「夠了」如何…?ENOUGH…?

ENOUGH? 好可憐啊…

我確實是想取名 Enough 的，之所以沒用這個名字，是因爲育貓書上有建議，給貓取名最佳的是 M 開頭，音標 [i] 當尾音，通常這種貓名貓比較能記住，或接受度較高。當然也有次佳的推薦等。

MANY 的名字完全符合最佳原則!（難道你們真的以爲我真的都亂取名字的嗎?）至於 Enough 則有點差太遠，所以放棄了!

有朋自遠方來，真好！

經過漫長的5年多的國外居住，因為都沒有親友真正來看過我，我終於了解了一個事實：

原來我一 ← 悟（和電到差不多）

人緣很差！

讀友不算啦…

她們可能因為不了解我，所以對我好…

好吧！即使是承認這樣的事實，苦苦哀求勤上教堂也沒用，還是不會有人來看我。就在我心灰入佛門要斷念之時，竟然天無絕人之路，遠方傳來消息，有竹朋友可能会过來拜訪！

我剛好離職了，閒著也閒著，說不定可以去西雅圖几天….

我要看脫衣舞哦….

友人阿桂

阿桂和新進舞男
（阿桂拍攝）

那有什麼問題！我家不只一隻小麥色舞男！我前几天才又進貨了一隻小麥色新人，而且还是藍眼珠的！這個團隊簡直精猛，絕对可以交代！

有… / 我家有私人舞男群… / 馬扁也要馬扁來！ / 保證消耗你体力……

实情没那麼誇張，不过也差不多了，好如我拚命說，土壞如我絕不提，5年多來的第一次，絕对要把人緣線往上提拔！

就這樣，阿桂終於被騙來了！

雖然剛下飛机…我今晚还是可以去看脫衣舞哦… / 脫衣舞？！ / 嚴正 / 不不不，我們不是那种類型的人！ / 過河拆橋

阿桂还把正在学習的樂器帶來西雅图，今天一早起床就在屋外吹豎笛，笛聲果然淒涼……

我好像被騙了…还要來西雅图当貓的保母… / 外傭嗎？ ♪

一圖：無聊到兩人比手錶大小。
二圖：無聊到用腳和貓玩。
三圖：無聊到只好拍森林裡的朋友。
●以上圖片阿桂拍攝●

好巧不巧地，前一陣子西雅圖的晴朗好天氣竟然會剛好在這週變天，每天不是下雨就是陰陰暗暗地，完全也沒有一處遊玩的好背景！

好吧，我今天不必觸門

太好了，我今天剛好要寫稿…嗚嗚嗚…

惡！這款主人

所以阿桂就只好留在屋內看DVD，兼陪我的貓兒們，我安心寫作！

TV

窗

空白

主聞著．

啊！有朋自遠方來 真好

難怪妳人緣差！
…‥

四圖：無聊到拍我的錢包系列。
五圖：無聊到看ＹＯＹＯ打哈欠。
六圖：無聊到拍攝我的柴木盆！？
（阿桂攝影）

意外

今日晚本來是朋友阿桂離開西雅圖回台北的日子,我們也好好地互相道了別,大王飛車來載阿桂至西雅圖机場,時間还很早⋯⋯

阿桂和大王
攝於微軟展覽館

華航櫃台

咦?沒人吧!⋯⋯我們來得太早了嗎?

妙,你和大王可以先回家了,我在這兒等就好了⋯

感覺不太妙⋯

呼~

本來阿桂這樣一說,我就幾乎決定回家了,但大王的直覺一直不太妙,他決定去問華航櫃枱隔壁的Delta航空,不問还好,一問我們都嚇傻了!!!

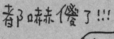
華航?

DELTA
今晚沒有華航的班机喔!

阿桂拍攝的幸運籤餅，
當時沒有預告這等慘事

阿桂最喜歡收集烏龜‧‧‧
（難怪慢了一天來搭機？）

但不忘記給自己的瞎拼物拍一張！

大王立刻要我查看阿桂的机票，当然，我也立刻
明白發生了什麼事，因為，我自己也有相似的經
驗——搞錯「時間」！

阿桂～机票是昨夜的日期…

怎麼有可能!?
6月1日不是今天嗎!?

大王→

6月1日凌晨1点20分
是昨晚12点過後就是了…

5月31日

我們整整慢了一天!!!因為華航和長榮离美時
間都是在凌晨1点或3点這种時間，所以旅客
稍不留意就会搞錯日期了!我曾經也是差一点
弄錯、搭不上回台班机，那次也是多虧大王机
警，我才順利搭上返鄉机班!

女人…

沒有時間觀念…

不要這樣說…

已驚過度

在確知華航今晚沒有人後，我們一团人又原車回
家——

Welcome To Seattle—

again…

我太不小心了…

我美簽要到期了說…

几天前，阿桂一直要打電話去確認回程机位，但是那隻西雅图電話一直打不通。所以我們從机場回家後，就在網路搜尋華航的西雅图電話，找了半天也沒找到，最後只好打回台灣的華航！

YA！
終於出去

RING

希望至少不須重買机票!!

不然就虧大了…

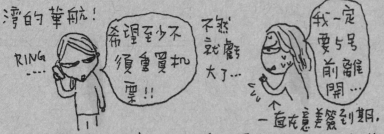

我一定要5号前離開…

↑一直在意差簽到期。

結果華航只確定6月8日有位置，8日以前只能期待後補机位是否有望，好消息是，不必再買一次机票!!

玩净过

小姐，拜託蓋力排…

我錯过班机很驚慌～

驚恐小鳥 人在国外…

喂～

我才是阿桂吧？

但是妳幹得好!!…

还拍了全球第一家星巴客！

阿桂也請家人打電話去美國在台協会，確認簽證过期出境竟仍然OK，於是這件事就告一段落……

謝彼你大王…

你真是充滿智慧！不然我今晚就要睡机場了…

大喜

充滿智慧嗎？

終於不是丑角了???

阿桂沒搭上飛機很失落，本來哪裡也不想去，只想天天不顧我勸，去機場排後補。但隔天我拉她和我去大華超市買菜，她看到海瓜子硬要買，我卻一直阻止她，因爲我可不想她排了後補離去，留下一包海瓜子給我！（我不會煮）
結果她因爲太想吃海瓜子了，竟然自動放棄去機場等後補！海瓜子的力量可真大！

夏喜的招待

每次大王要和同事聚会，我總是扮演一个愛哭又愛跟的討厭鬼…

全都是工作同事

而且没人会带太太去，妳究竟要跟什麼？

我熱愛辦公室話題… 見鬼了…

我…

夏喜和大王在夏喜家
阿桂攝

不過，在家超級大王的阿烈得，其實还是有愛老婆的一面，通常我只要堅持一下下，總是能順利去當聚会的花瓶！而且這一回，我还更誇張地帶了花瓶旁边的金魚缸…（西雅圖观光客阿桂）

我來了… 說个伦置，我做一下景观布置…

這次聚會中有一ケ印度同事名叫夏喜（Shashi），大概是因為我和阿桂不停地說自己的家鄉話，也牽動了他那根思鄉的神經，重歷了他異鄉遊子的落寞，他很快地要求我們週日去他家聚餐！

夏喜和維納在廚房忙

← 並非因為宗教原因。

唯一的問題是....

Shashi:

我家吃素，吃素沒問題吧？

沒問題 我喜欢印度菜...

他太太做菜超好吃！

大王

他？

阿桂

很乐意嚐試...

夏喜家不光是素食而已，还是ケ有机食物的超級擁護者！

偉大的光芒。

我家連奶油都自製，牛奶也絕不買市售一般

你該不会自養一頭乳牛吧？

每天擠奶？？？.....

还自己種菜？不会吧？？？

你連啤酒都喝有机的嗎？

也嚇傻了的問題。

小公主卡微亞

很快地，星期日傍晚，我們一群人依約來到夏喜家，一入門，夏喜的女兒卡微雅就像ケ印度小公主地坐在入門処的椅子上供我們讚賞，太太維納（Veena）則早在廚房親手做印度麵餅！一屋香味四溢～

不是我到處亂簽名，這片玻璃落地窗是卡微亞的合法畫板，我們自我介紹並畫圖。

（攝影：阿桂）

我的一生，到目前為止都还是過著極不健康的外在生活，因為討厭酸，我連水果都不太吃；因為懶，我是買得到什麼吃什麼；因為不太会当煮婦，我連菜色都十年不改（形容詞，非我真的煮十年），偶爾会更改菜單，都是因為我發現更便利且快速的菜色！因此吃了夏喜家一餐全手工自製（且有机！）的菜餚，我營養失調的可憐胃，充份得到滿足和滋潤，連維納端出的飯後有机水果我都多吃了兩片！夏喜不虧是佛祖派來救濟我一般的驚異人物！（佛祖也是印度人吧？）

（攝影：阿桂）

（攝影：阿桂）

神秘的 荔枝

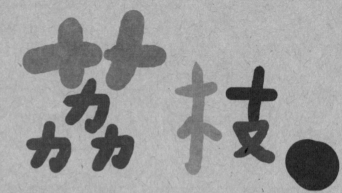

荔枝啊・・・
我真的一生到目前為止沒吃過三粒！也不知道為什麼，就是不覺得它好吃，龍眼也是，我覺得這兩樣是兄妹，都不是我想吃的。

前一陣子，就在我忙著招待朋友來訪時，台北家人傳來一个訊息：

有人送一盒荔枝給妳吧…高級品哦…
而且寄件人不詳，只寫了「正暉」…

粒汁??? 力枝?? 利僂??
↑我聽錯了吧？

不是故意要寶，我身边的親朋好友应该都知道我不爱吃水果，更別説是罕見的高級品荔枝了！
我聽到我媽喜孜孜的聲音，説明荔枝品種的優良，「荔枝」二个不可思議的字眼再次衝擊我的大電腦，我馬上做出判斷——這一定是在作夢…

你們就拿去吃了吧~

那當然妳反正不吃荔枝…

夢中的我總是大善人，大孝女！

一定是阿輝啦！

但，阿輝怎麼会寫錯自己名字？…

一定是網路上買的，店家幫他寫錯名字！！

自問自答，吃意甚堅。

夢中的我和我媽都一廂情願地認定「丘暉」大概是阿輝，可能是他寫錯名字！

我当然也立刻打電話要向他道謝，可是電話沒接通，我只好留話道謝…

後來收到阿光輝的EMAIL，他果然說他沒寄荔枝給我！

是嘛！怎可能認識我的人会送荔枝？？

荔枝是外星人吃的食物吧？

不会有人下毒了吧？

阿枝

下毒？？夢中善良的我果然想都沒想到過！！

再次打回家阻止，荔枝已經「省吃檢用」地吃了一半了…

→因為被珍視著。

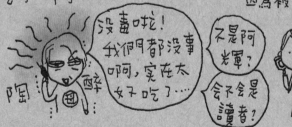

沒毒啦！我們都沒事啊，实在太好吃了…

醉

不是阿光輝？

会不会是讀者！

不論是誰送我荔枝（還沒確定出可疑者），我只好在此謝過了！非常感謝你想到我！這讓我覺得很溫暖。
謝謝！

THANK YOU !!

當我為此事最後再打一通電話,荔枝只剩二顆了,聽說是預留的飯後珍品……

我也不知道我是積了什麼德,有人這樣匿名送荔枝給我家人!(因為我不吃水果的→寄件人必定是抱著「幫我孝敬家人的心態!」)不論這位荔枝客是誰,我謝了您了!我雖然心中有了一個人名,但我相信你要如此做,必然是抱著「不希望被感激」的心態……

其實我是找不到你的電話!!請原諒……

若還有什麼要補充的,大概就是——送食物實在太令我心驚肉跳了,雖然我清貧的一家人都如獲至寶,但「下毒」的擔憂確實讓我魂飛,下次,還是送SOGO禮券好了……

以後送食物,除非有身份,不然不要吃!!

從夢中醒來!

最後二顆了,好好珍惜

以後又沒好康的了嗎?

後來也有收到另一個讀者的一妹兒,那位讀者說他以前曾在正暉食品工作,若我想知道誰送荔枝,他仍然有辦法幫我查訂單。

可是我想想還是算了,除了說我大概80%肯定了送禮人的身分,我另外也覺得,既然他不要我知道,我就尊重他的心意吧。而且如果我猜的80%是對的,我媽若知情,也許荔枝也吃不下去了!

就這樣吧,這樣也許是最好的。

雙貓

Copy cat!

領養ＹＯＹＯ的地方是在本州的 Ocean Shores，但那時我一直將之和另一個地方 Shoreline 搞混！去接貓之前，我不懂大王爲何一直說「很遠」，Shoreline 哪有遠？就在我們隔壁城市而已啊！後來我才知道是我搞混了，Ocean Shores 真的有夠遠！假如當初我沒搞混，可能就不會同意到那麼遠的地方領養貓咪了，現在也就不是ＹＯＹＯ了。

領養我的第二隻貓 YoYo，不是一件容易的事！光是把他帶回家，開車來回就花去6小時。

為何要跑那麼遠去領養啊？？

太平洋小海灘吧

因為西雅圖市的領養中心都不接電話

寫 EMAIL 也不回的！我火大了就打去鄉下問，果然人家立刻就接起電話！

中心人員

因為我們本中心沒電腦……

只好打電話…

帶一隻不到一個月大的幼貓跋涉三小時（回家），實在是一件有些殘忍的事，所以不但食物和水，我連貓便盒都有準備好在車上，一心只希望，不但 YoYo 幸福，我的「自由」也將可以回來～

相親相愛

你們真是孝順的小孩，媽媽好高光……

剛來到的第一天，ＹＯＹＯ還在籠子裡ＭＡＮＹ就已迫不及待示好！其實ＭＡＮＹ好溫和呢！很照顧小貓。

可能還太小，ＹＯＹＯ剛來一直在感冒流鼻水，後來還傳染給ＭＡＮＹ，所以我一直得餵他們藥。
ＹＯＹＯ這付模樣惹得我一直想稱呼他「志明」。

再一次地，以上的画面只能在夢裡見，真實總是有出入……

你拿sogo礼券吐出來!!

你黑金弊案更多!只是電視都不報!!!

你們兩都生病了還打架!! 住手

药。(我自己吃算了!比較快)

所以說，別提「餵药」了，我能安心喝一杯咖啡，就要感謝神佛!「育貓」書上說，新來的沒有前後差別的比較，所以要主人要比較照顧老大的心態，但是，YoYo只是一隻嬰兒小貓，我總不可能任MANY隨便玩弄!為了這巨大壓力，我玫瑰糠疹突然又回來了，連頭皮屑也大量增生!

MANY! 噴水阻止 YOYO!! 住手

從病床上趕場來!(剛才夢見MANY一口吃掉YoYo!)

妳去上網! 去上網!這裡我來照顧就好!!!

上網!?! 這是多麼久以來的美好事物?多麼奢華的高級行動，突然間被提及，我竟是不能相信這人間就有的東西!……

所以,本來有一个房間是用來準備 暫時隔離 YoYo 的,
〈因為書上說要一步一步來,先隔離,讓兩貓隔門互相
探对方氣息、味道等〉,結果被関進去的反而是我!

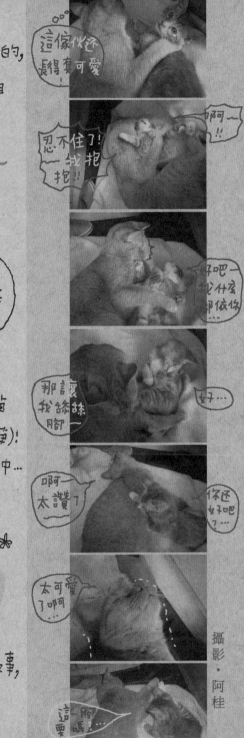

就這樣,「我被隔離」了一陣子之後,竟然兩隻貓
結果不但相安無事,还變得情同母女(註:二隻皆公貓)!
而我的玫瑰糠疹卻还沒好,頭皮也持續脱皮中...

不只如此,在獄中我編了上萬條 恐怖貓豆壤的故事,
不過卻完全沒有享受到上網的奢華快活……

小帥哥 V.S 歐巴桑

打從我在車庫外樓梯入口、電鈴旁、大門上.分別貼了「禁止推銷」的牌子後,推銷員真的少很多!那是當然的,小小一段路、30步不到,就貼了三次,有誰的拒絕決心有我這麼堅毅呢!可是,我还是遇上了推銷員!而且他还是成工力地將東西賣給了我!

好啦,我承認,美色確實有加分效果!如果這位人兄長得很平凡,我或許更有意志直接說不。

叮咚~~~

是ㄍ年輕小伙子吧...他手上没拿資料夾、没穿制服、没大包...這該不是推銷的!

帥喔...

↑拉開門簾偷窺。

正當我以為這是一位來找朋友卻找錯家的年輕人時,不料他劈頭就問:

耳環→

好不喜欢推銷員?

←手上有刺青

完了!是推銷的

不,我不喜欢

↑直接了當!

是因為你帥我才開門的...我以為帥哥有難

當然要趕快強調，美色仍然不是全部，如果他態度不好、不夠禮貌，就算長得像金城武也是沒用！

這位約瑟夫最大的攻擊力是他真的很誠懇，他不會因為我英文不夠好或口音很奇怪就表情大變，相反地，他讓我感覺他很有興趣了解我的問題，以及一個外地人在此處生活的感想。

只是我不覺得需要交淺言深囉，心意收到就好。

萬般阻礙下，約瑟夫只好清起我眼前的玻璃門！清完还刮声音給我聽！

如何？聽起來很乾淨吧？！

住手～住手～

顫慄！

但畢竟玻璃門的說服力还是太弱了，他只好又噴起我腳上踩的那張門毯！

看！

地毯的污漬，污垢向來最難去除…

可別突然踩我的腳趾頭!!

↑ 做夢!!

現在全乾淨了!!

帥哥賣東西不是应該站在那裡就自動賣出了嗎？但，這可不是对付歐巴桑老臉皮的我…

唉！

我有二隻貓！你不要亂噴害牠們中毒!!

這玩意对动物安全嗎？!

動物?!安全?!我吃給你看!!

还可当漱口水哩…

買了…

你何不要來藉病借我的床角尚啊啊!!

就這樣，積極的年輕帥哥贏了…

他臨走之前還要求我幫他寫下他的中文姓名，我寫下「約瑟夫」，結果他問我：
『我的姓是哪個字？』
我呆了一下：
「你沒有給我姓啊！」

結果他指著他早先寫給我的紙張，「 Joseph Name 」，那個「 Name 」竟然是他的姓！我原以爲他是要告訴我 Joseph 是他的 Name（名字）！
我也不知 Name 怎麼翻，就寫下一個「念」字，應該還ＯＫ吧？姓念。

伍德太太的日記。

也忘了是去年还是前年，我送阿烈得的聖誕禮物
是一本手寫的日記本——一位 L.S. WOOD 女士，於
1878年在波士頓的生活。

字很淡，
因為是用鉛筆寫的。

你哪裡
找的啊
?!
太神奇了!!

1878年
的真实
日記!
好特別的
礼物!!

沒什弓啦……

這木兼你才知
道我們交換
日記多有価
値，多特別…
心机.

很奇怪地，我從來沒想過要去讀那位 WOOD 太太
的日記！倒不是我对她没兴趣，也不是我对古人的
日常生活不好奇，相反地，我想讀得不得了，也好
奇得不得了!! 只是……

果然不行!!

呃

這对我來說
是天書!!!…

草寫我完全不
能辨識!!

阿桂來過之後,我突然發現我家人不來看我也好!

原來我不是只有回台灣才會情緒受影響,朋友來訪又回去,一樣有相同之效!

當然,文章中我總是真情流露,實際和我住在一起看我生活的人,可能一點也看不出我情緒或行為有變,因為我早就學會每一天都是獨立的一天,實際地為新的今天過日子,我或許會做夢,但我總是接受現實。

是的,連在一起的草寫本來就困難閱讀了,伍德太太還用鉛筆寫,加上年代久遠的退色模糊,真的除非母語是英文的人才比較有可能讀得下去,要不然可能只能望本興嘆了⋯⋯我唯一享受的是伍德太太日記裡的1878年的壓花,還有最後心頁插的當代剪報(食譜和治病的偏方),其它都是我幾乎無緣享受的東西⋯

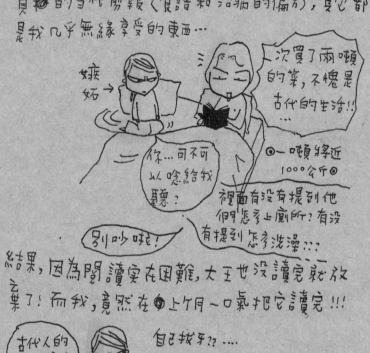

嫉妒→

一次買了兩噸的筆,不愧是古代的生活!!⋯

◎一噸將近1000公斤◎

你⋯可不可以唸給我聽?

裡面有沒有提到他們怎麼上廁所?有沒有提到怎麼洗澡⋯⋯?

別吵啦!

結果,因為閱讀實在困難,大王也沒讀完就放棄了!而我,竟然在◎上个月一口氣把它讀完!!!

古代人的生活實在難以想像啊⋯

自己拔牙??⋯⋯三点半起床?⋯⋯

媽一定是思鄉,才會努力去讀日記

台灣朋友●離去後,又讓她想念故鄉

為何?

她想再發掘美國的有趣,鼓勵自己這裡也很好!

雖然伍德太太的日記比較像「流水帳」那樣，並沒什麼內心戲，但是看完後，我反而很慶幸它是流水帳般地記錄生活，因為這樣反而能讓我多了解那時代的人日常生活是怎麼過的。

果然引起我的興趣!!

上網看18 78年左右的照片!看~那時的房子是怎樣的?人的衣著是怎樣的?街道大概是怎樣的?

伍德太太有提她去照相，所以那年代已有相機!……

就這樣，我果然沈浸在1900年以前的時光好一陣子，電腦、手机、網路…重新感覺起來都像一場夢一樣!
几天前看电視，一个小女孩在自己家牆裡埋入一封「寫給未來屋主的信」，果然在多年後被發現了，發現時小女孩已作古，但屋主仔細重裱框收藏了這封和房子有關的故事，有年代的房子總是有它自己的故事，隨時等著出土。

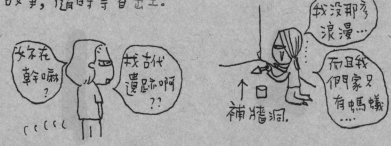

好不去幹嘛?

我古代還遲疑啊??

我沒那麼浪漫…

而且我們家只有螞蟻……

↑日
補牆洞.

一個1878年的伍德太太跨越了這麼多年的時空，安慰了我，又讓我回到生活常軌。

倒是伍德太太的日記讓我對交換日記這部作品，有了很大的改觀!
伍德太太的日記是我在依貝買的，不，應該說是辛苦標得的!當時競標的人也像瘋子一樣，搶著要這本日記，最後價錢也是飆到離譜的境界，我得標後還收到幾封依貝會員的來信，有些希望我讀完後割愛，有些希望我能寄給他們拷貝本，還有一位說他有伍德先生的日記，所以希望也能參看伍德太太的，他們有一個歷史相關的研究在進行。
伍德太太真的只是個平凡人啊!而且她的日記真的只是流水帳!只不過是因為年代——時間的關係，竟然讓一本普通日記變得如此特別!時間可真是個神奇魔術師!所以我和玫怡的交換日記也許一百多年後，也會是被研究的對象!誰知道呢?
也就是這樣，我對交換日記的觀感完全又不同了!我覺得就這樣老老實實寫下去，也有它的特殊性。

祈願包。

我最近手頭有點緊，一來是因為美國的稅還沒報（我們今年又申請延緩），我還不知道又要失血多少；二來，我們8月份又要去歐洲看孩子了，因為捨不得我兩隻愛貓寂寞，我為他們預定了一家不錯的寵物旅館……

貓用小床

* 獨立隔局，非大型籠子式「公寓」。
* 每間房間有自己獨立的一「窗台」，及獨立的空調風口。
* 房外有公設.遊樂區！

價格當然也就不便宜，但是我沒得選擇，好的貓旅館實在太少了！我也捨不得他們去住一般大型籠子式的住宿，尤其還要在那裡地方住三星期之久，我無法忍心我的愛貓受苦！（簡直像入獄一樣的囚室，要待三星期!? No～）

經過三星期之久的住宿，去接貓咪回家時，貓咪幾乎不認得我們了！而且一副不想回家的樣子，可真是讓我傷心！不過，在車上之後，MANY似乎漸漸想起來，開始親熱地咪咪叫，而且回到家後他果然完全記起了，立刻奔到他經常待的位置，也不斷撒嬌示好，倒是YOYO回到家後再一段期間才慢慢想起，剛開始還好像去了陌生地方，四處聞嗅，四處探看。不過兩隻貓看起來都又乾淨，精神又好，所以我覺得花那些錢住宿真是值得。

偏偏在此時，我最愛用的手提袋出現破洞！是該再買一个的時候了，但是…算算我的口袋，我決定，我買不起——

不是我沒有其它手提袋，只是…多年的生活經驗累積，我發現：①沒有封扣（拉鍊）的袋子，沒有安全感，也不方便。②沒有「隔間」的袋子、或隔間不足的袋子，東西往往亂成一團在袋內，或自動不平衡地擠在同一个角落，实在太亂了！③袋子太大行動不便，太小又不足夠使用！④提把尺寸要適中，太短不能肩背；太長不便手提！⑤造型最好能符合各种場合。
我過往買的袋子沒有一个符合以上需求及挑剔！只有現在破了洞的這一个勉強還可接受，但，它現在破了…… OK…我決定DIY時，順便做出自己所有需求的條件！
DIY…讓我想起，現在不是有一种印表机就可以転印，並熨燙在布料上的転印紙嗎？我当然馬上決定一試，弄个好図案來提高袋子的美觀。

神啊——

算一算…
我連転印紙都買不起呀
別說転印紙了，基本上，我連買布的錢也沒……

好吧！我得說出五個古代金屬錢包的後續發展了・・・
話說我最後一個買的古董錢包我雖喜愛滿意，可是時間越久就越覺得，這錢包比起皮夾來說實在是重太多了！它放入手提包裡總會使袋子失衡，它往哪裡跑袋子就往哪裡傾斜，即使是放在我ＤＩＹ有隔間的祈福包中，它還是使袋子的某一局部特別下垂！終於迫使我承認，它並不是那麼實用！
所以我後來有點入帳後，還是再買了一個皮夾，回到皮夾現代人的生活，同時爲了處置銅板，我亦買了一個放置零錢器，塑膠做的，一點都不重。

几年前，当我「西雅图纱记」出書時，有了个構想，把它做成專籍封面，其實当時我也買了塊小紅布，心想，有机会DIY做一个口袋在衣服上：

←像這樣.

但雜事太多，毛筆字寫完(寫在紅布上)，在等乾的時間就忘記此事了。如今，我也只好就用那塊小紅布自己想辦法了！

哪有時間要忘自偉？我就口袋變手袋吧！

希望這塊小布夠大…

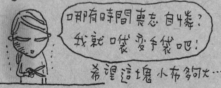

当時在一家布店買的這片小紅布，其實是零頭布，專門賣給那些拼布纪藝愛好者，所以這塊布真的很小塊，只夠做外覌，並不足以做「隔間」，还有就是——我也沒錢買拉鍊！我能用的「多餘的錢」只夠買一粒紅色的車線！算是老天有保佑了！……既然特地DIY自己做袋子，我絕对不放棄拉鍊和隔間！不然8月的出國会很不方便!!

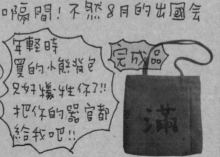

↑小熊图案.

年輕時買的小熊背包只好犧牲你了!! 把你的器官都給我吧!!

分屍魔

完成品

然後在歐洲期間，英國不知哪裡得來情報，相信恐部分子會利用最普通的物品來偽裝，攜帶偷渡危險物上機。所以突然間，歐美線都不准帶液體上機了（包含飲用水）！這規定延燒到美國、也延燒至今。

我突然覺得包包乾脆越小越好，根本別的麻煩物都不要了，只要證件、錢等這些基礎東西就好，所以又買了這樣一個小包包（如圖），現在回頭看我過去做的那一切，我有一種大夢一場的感覺・・・也不知在忙什麼！

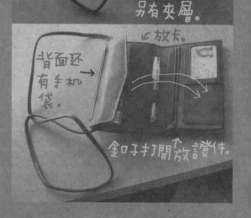

拉鍊拉開另有夾層。

可放卡.

背面还有手机袋.

金口子打開放證件.

琴路

也許「森林」住久了也習慣了它的隱密，最近我只要坐在餐廳吧檯区，向後望，就会看到隱密叢林有一个大洞直通馬路，感覺很不□适應！

沒辦法，我的鋼琴到美國了！一定得弄一个通道進屋！！

從原本的樓梯下來太危險了，我們的后樓可能会垮掉！

原來那裡还有一个被埋在落葉土中的樓梯！！我們家有太多秘密我們不知道……

對，鋼琴已經從挪威抵達美國了，花了大約十多萬元台幣的運費，大王还大讚便宜！……

我說 那么貴…

為什么不乾脆直接在美國買一台新鋼琴？

妳這个無知的女人！！妳知不知道一台好鋼琴要多少錢！？

沒知識兼沒常識！！！

第一次鋼琴運送公司來看地形時，堅決建議我們雇用起重車將鋼琴鋼索空吊下去，結果工程起重車來了又說樹太多，沒辦法那樣吊，於是鋼琴又原車回去貨運公司，因為當天人手不足。

隔了約一星期吧，終於來了大批人馬合力把鋼琴送下來！這些照片是順序經過情形：

這鋼琴並不是三個人力頂著而已，上頭還是有一輛大車，車後在慢慢地把勾在鋼琴箱上的鋼索線放長。

話說歐美人士的所得雖然高，但生活物資消費也很高，我們每年的家庭額外預算金都有限，絕對無法壞什麼立刻修什麼，也因此，我家危樓（梯）至今都沒修，那也就算了，前幾天，大王還更製造了更多的損壞！

什麼聲音？

樓梯終於塌了嗎!?

有沒有人傷亡!?

經過無數次的台詞!!

王之聲...

不是，我把那片大木塊推下來了!!

淌在海邊撿的，準備放在庭院當椅凳，因為太大、太重，一直沒有搬下去。

好啦！放了一年多的大木塊是終於下樓了！可是也更重創了我們搖搖欲墜的樓梯！那道樓梯，終於已經不再是單腳之一傾斜而已，現在連踏腳梯面都一片片地亂歪了!!

鋼琴從這道樓梯下來，已經從不太可能變成「完全不可能」了！那就是之所以，我們要學古人一樣，「另闢一條康莊大道」！在叢林包圍中，剪出一條可行的通道!! 我稱它為「琴路」。

所以，上週末大王在開挖琴路，我呢，則在修補樓梯……

我是該讓樓梯爛到不能再爛，讓大王不得不提前將「修樓梯」排入預算才是！

但，萬一發生這种事：大家都改走琴路入屋……那会更令人發瘋…

↑
把梯面拉為正常水平，再加釘。

一个週末假日下來，樓梯算是修回大木塊滾落前的狀態了，琴路也完全挖通了！

琴呢？何時來？

本週

港口運到家要再花5、6佰美金……我正在找搬運公司……

這樣再加上到達家中後的修琴和調音，还是比在美國買琴值得？？

是的！奴婢這白痴女人最好別和我談鋼琴……

你那鋼琴那麼重，放進家裡來，地板会不会垮掉呀？

不会

這是木造房子呦，不是水泥…

我等不及看大王的百萬名琴了……当然更想多看々在琴上的阿烈得，最好，他能為「琴路」創作一曲，讓我對這一个大洞留下一麦好的記憶……

熱啊！

我一向以為西雅圖是避暑聖地，因為前年當熱浪襲擊歐洲時，我家清早有時还會開一點的暖氣！

不必換季的人

一年四季都穿長袖T及長褲。

一年四季都穿短袖T及牛仔褲。

?

我們在做什麼示範？？

走秀…

但今年，真的是完全不一樣！尤其前几天，連我都熱到只以冰淇淋当正餐！

大王對衣著很不在意，所以冬天他外面會加微軟贈送的冬天外套，夏天則換成牛仔外套，而且一定要在調時間（日光節約時間，一年調兩次，一次是撥快一小時，另一次是調回原時間）時「換季」。

熱啊

已融

37度：從未有过的夏天！

可憐你們兩隻还穿皮毛大衣…

劈腿→ 劈腿族

劈腿族

連貓水都加冰塊

一般歐美人家裡很少裝冷氣的，因為實在不太有需要！但我很慶幸我家是少數的例外！我們家的空調設備是冷暖氣兼具的系統，雖然我住了這麼多年從來沒用過冷氣！！

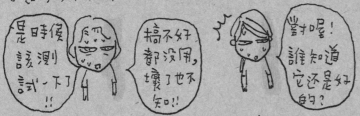

就這樣，我們啟動了冷氣，當涼冰的風從出風口吹出的那一剎那，全家人都得道昇天了！

但這一波真的是熱浪驚人，冷氣這一開動，就呼停了了！！過度享樂(?)的結果是地獄又悄悄反撲……

我依悉記得,冷氣好像都會滴水吧?但我實在不明白水為何會流進家中?(主机在室外),在沒有南宮博士來解說下,無知又害怕的我們也只好把冷氣關了!

真的熱到受不了時,我还是会很驚恐地把冷氣開開,一边吹冷氣一边吸地,又快樂又害怕。我確實是很驚訝,西雅図夏天也会熱到這樣!!所素,這兩天溫度有稍微回降了,我們終於又回到不需冷氣的日子!

可能年輕人也不知道南宮博士是啥東西吧?他是我小時候看的卡通「科學小飛俠」裡面的正義的一方的博士,科學小飛俠(一團共五人)是他的手下,而他們一起對付的是惡魔黨。
從名字看就知道,「科學小飛俠」,那南宮博士對於科技科學必然有深深研究,冷氣這種東西當然難不了他・・・

製 鞋

忘了哪個頻道，好像是Discovery吧？有一個人有了個別於他人的想法，他要造一艘自己的潛水艇，艇頭是全透明的，這樣就能直接看到水底的樣子！雖然許多人都說不可行，但是最後他還是憑一股熱誠造出來了。

那個節目看得我熱血沸騰！好啊！那就是我想要的人生！夢想的東西如果沒有商人做，一定要自己來！人家都能做潛艇了，我至少也能做出日常生活用品！

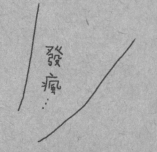
發瘋…

誰不曾有過少女情懷呢？我小時候就是个實現夢想的高手，沒有公主般的雕花、蕾絲窗簾的臥室？我自己來！

代替品也沒關係，我幾乎不讓自己失望，長褲變短褲、雨鞋当靴子、紙箱堆成沙發…我總有自己不虞匱乏的一套！

當我開始自己有能力賺錢後，我往往也可以縮衣節食數個月，去買到自己要的東西，可以說，我的物質欲望雖不要求完美（如同我不需「贗品」），但絕不想錯過自己喜歡的東西！這個毅力一直以來都在我血液裡！所以，我最近終於瘋狂到自己做了生平第一雙鞋！

我大約八九歲就會用腳踏縫紉機了，第一個自己做的東西是一個布娃娃，第二個自己做的東西是鉛筆盒。
但，可不是一個布袋拉鍊拉開這樣簡單的！我做的鉛筆盒是很專業的——

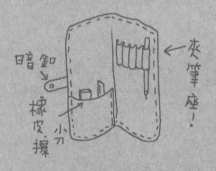

暗釦
橡皮擦
小刀
夾筆座！

因為，我喜欢的鞋，沒有我的尺寸了！！

敵手太狠，把我的鞋搶光了……

沒有那雙鞋，我足扯不出天鵝湖啊……

其實我的腳很可憐，因為腳板寬、筋又多，找到一雙合適的鞋本來就很難！

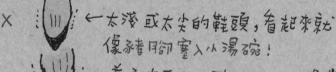

X ← 太淺 或太尖的鞋頭，看起來就像豬蹄塞入小湯碗！

X ← 普通修長淑女型也不行，好像農婦硬要試穿灰姑娘的鞋！

所以，也不能完全說是個人偏愛，但我的確多數的鞋都偏休閒感或中性！這次，我看上的鞋是長這樣的：

我猜小時候對某件事表現太傑出也不好，因為這樣父母就會以為你對該項事物有天份，就會希望你朝那個事項去發展！所以我後來學服裝設計，但，當時父母的焦點可不在「設計」這兩個字上，而是在「服裝」這兩字上——就是去學車縫啦！

一個小朋友鉛筆盒做成那樣，真是活該被送去學服裝…

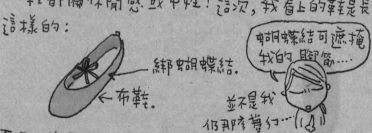

綁蝴蝶結。

← 布鞋。

蝴蝶結可遮掩我的腳筋……

並不是我仍那麼夢幻…

而且因為是布鞋，雖加了綁帶，並不至於感覺太「公主」。

做鞋?我当然没受過專業的訓練!但是這阻擋不了我有毅力的血液!想到如果要用布当材料,我得處理毛边的問題,那確实是太專業了,所以我決定用皮,不会毛边的皮又要剪出型就好,簡易很多!正当我在熱血找皮時,我又看到一ケ更簡易的捷徑!

這双鹿皮高筒鞋正在特價,我何不直接買它回來剪!? 比自己買皮更便宜,更容易,也更容易!!

收到時

原來是双室內鞋!!

難怪如此便宜!! 有没有常識啊??室內鞋幹麻做高筒!!

是妳没常識! 国外的室內鞋也是百百款!!

好吧!我也只好接受了,了不起就是自己再買一付鞋底來貼上!(強力膠好用啊)

自己做鞋!? 大蒜! 妳是古代來的嗎?

縫

要参觀請付門要…

最後要補充的是,鞋魔不如我預想那麼容易買,我最後還是拆了一双不要的鞋,才如願完成製鞋大業。

BEFORE → AFTER

我又改了第二雙鞋了,但這次的修改比較沒有那麼大幅···

Before

After

簽證 戰爭

從來也沒想過我会变得這麼大牌，連出個國去歐洲都變成別人求我去……這一次的申根簽證打從一開始就是大王自動負責！

要特別再提醒的是，在國外辦申根簽證和在台灣辦不同，我以往在台灣也辦過，並沒有困難到這種程度，而且一簽下來都有半年多次入境的有效期，實在很好用！

我在這裡辦是，我若去歐洲二十天，他們就只給我這二十天的有效期而已！絕不超過。

既然大王要接手处理，我也樂得輕鬆，因為多年來的遍申根簽證的打呀仗，我也厭累了！我的態度早就是「不發給我都沒關係，我也不屑去」。套句我老媽拒絕來美國的台詞：『我有二隻狗要餵』，我也是有二隻多貓要養！……但是大王當然在意我去不去！

女王我悠哉坐寶座，每天聽取來人自動報告最新進展——

不是我以小人之心度君子之腹，因為後來大王終於動員瑪優去為我当保證人時，瑪優從荷蘭傳真過去美西的荷蘭使館的正式登記過(要特別去市政府辦)的邀請書，對方也竟稱「沒收到」!

這中間当然还穿插歐洲人互相推皮球的戲碼，荷蘭使館認為我是挪威人的太太，而且此行也有要去挪威，就該去挪威使館辦簽證；挪威使館按規定說，我在荷蘭入境，也將在荷蘭待最久，当然还該在荷蘭使館簽……

所以我曾經想把護照寄回台灣，希望託認識的旅行社去代辦申根簽，可是困難處在，通常財力證明文件要本人去辦領，而且我也擔心，若被發現我不在台灣境內，或許有麻煩？···

但最重要的是，在台灣辦的申根簽證雖然有半年之久的有效期，但是我現在也幾乎半年才需要去一次歐洲，一樣是得每次要去每次要再簽，這樣每半年都要把護照如此寄來寄去，我覺得風險也是太高了。所以，算了！

我真没料到自己是誰啊？辦個簽證動員這麼多人！！來回於兩國人民和官員！連我公公也看不下去，隨時願聽候召喚去当我的保證邀請人！話說回來，我原本有点冷眼旁觀的，但看到這樣跨國的陣仗只為我一紙簽證，我也熱淚盈眶了……

盡情戰鬥吧——

我護照丟了也沒關係！！

爆料

她才沒那麼想得開…她主要是想起…舊護照丟了可以申請一本新的，有加註「台灣」於封面的！

原來！…

主事者大王則在最後決定，請瑪優再傳真一次那份正式登記過的邀請書，並確切記下傳真時間，重複準到分秒不差的境地，如果对方再說沒收到，我們就立刻轉戰挪威領事館！

為何妳的簽證這麼難…

你只戰一次而已…我可是戰了半輩子了…

這次，荷蘭領事館再沒傳來挑剔刁難之消息，雖然說我的護照也還沒到手，但我真的也累了，只要人返家中安全，文件我就隨它去飄飄了…

就為了簽證問題，我考慮了以後申請美國護照，乾脆給它一勞永逸。（美國護照去歐洲，甚至去世界許多國家，都不需要簽證）

當然，有美國護照就代表你是美國人，才會有他們的護照。問題就在於，我要不要當美國人？

這個大問題我還在思考中。

有時當然會想，如果台灣是一個真正的國家多好！這樣或許我們去很多國家就再也不需要辦簽證了！

・・・

吸奶 yoyo

有一天早上,我被一陣詭異的声音吵醒,張眼一看,
目前的景像更是*驚魂!

好喝嗎?....

「媽,我該怎麼辦」之眼神。

壓 吸 咻

津津有味

有奶便是娘

YOYO!
你在做
什麼!?

STOP it!

是的 —— YOYO 正噴噴有聲地吸 MANY 的奶 —— 有
才怪! MANY 可是公貓啊!而且 YOYO 已經不再是小BABY
了,(是的,時光飛逝),啊!我的煩惱來了!這次竟
是這樣可笑 —— 如果何斷奶呢?(公貓之奶)

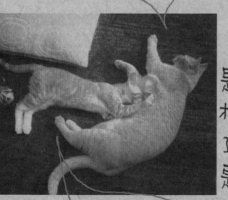

嗯!你一定要
去申請GMP优
良食品認證

書上沒說 → 会有才怪....

看書育貓 →

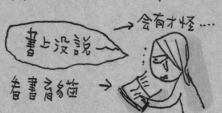

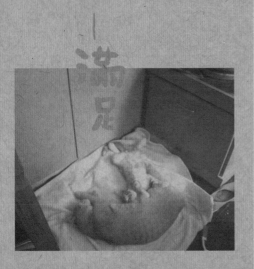

各位愛貓友，或許你們会告訴我，這是小貓撒嬌習性而已，不必太擔心，可是，我家的狀況似乎不是那麼簡單——第一點，MANY並不喜欢被吸奶，而我猜想，他因為不是母貓，他可能沒有天性知道要如何斷小貓的奶，儘管他也常常 fight back——

別再吸了

貓踢→

再不停止我要咳了喔!

第二點，YOYO仍堅持他吸奶的權利，他經常也噁到MANY就範!

給我吸 給我吸

不然我就咬斷你喉嚨!!

啊...你吸吧...

MANY...媽媽很抱歉...救不了你...

噴水噴到手軟 YOYO也不在乎...

無語問天啊

你有沒有太吃人夠夠了?!

我不吃人的!

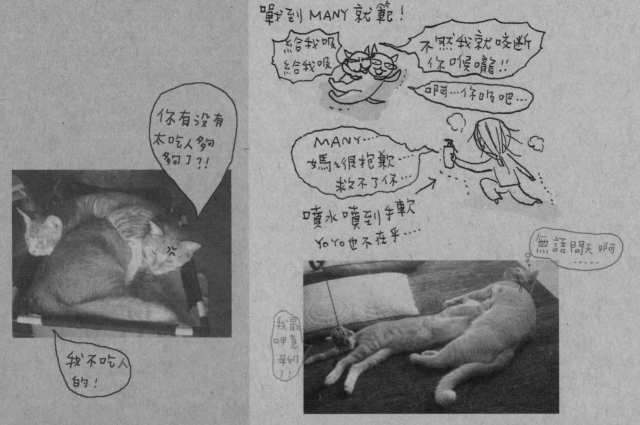

我最呷意母奶了!

……

這該沒關係吧?… 可能再長大一些,他就会停了…

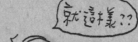

就這樣??

多狠的父親啊!! MANY果然不是你親生的!

我們都消極地等待 YOYO 会停止,可是 YOYO 至今也長到中貓体格了,有時作看我还会誤以為他是 MANY,他还是不停止吸奶……

餘 餘 吸

好一幅母子圖啊…

但真令人看不下去…

不但放棄戰鬥,还常常餘起 YOYO,「自暴自棄」地当起媽咪來!

Well,可愛是可愛,我還是希望有經驗的愛貓之友們,能够提供我实用(最好也有效)的斷奶之法,YOYO 真的不能再繼續吸假奶了……呃..真奶当然也不行…

給我喝!
給我吸!
不然我要打滾了～

不吸奶,我还能幹嘛?

我又不識字…

無

荷蘭

說起來，我和荷蘭的緣份还比和挪威深，因為兩个繼子在荷蘭的因素，我竟發現荷蘭快要成為我拜訪最多次的國家了！所以，就讓我來小小談一下荷蘭的趣事吧！

荷蘭給我的第一个驚嚇就是——薯條必沾美乃滋！這一點剛開始我很不能接受！

風車現在大都改成這種的了····

薯條是油炸的吧

美乃滋也是油類，這樣很怪吧？

愛傳

爸！好好吃喔！我还要～

→ 把美乃滋当冰淇淋吃光々!!

↑ 薯條都没动!

美乃滋似乎是荷蘭人飲食不可缺少的東西！因為我後來也發現，不只薯條沾美乃滋，他們很多配菜也沾美乃滋，不論是生熟，沾美乃滋就对了！

第二點驚訝是——荷蘭地勢非但平,而且很多
國土都低於水平面以下,這個國家和水爭地
已經很久很久了,每一次的失敗,都造成巨大
的生命和財產的損失,所以他們教小
朋友游泳的第一課是如何從水中爬上岸!
第二課是如何穿著衣鞋在水裡游泳!

實在太有創
意了!實在太
實用了!!

求生畢竟才是重要!

我當時並不曉得
荷蘭有這麼多罷水
的慘痛歷史!!

可不是嗎?
不過實用是
實用,也很怪
就是了!……

知道荷蘭
地勢低於
水平面,但
也沒把兩
者聯想起
來。

◉我們倆都是後來看國家地理頻道的節目才知道
荷蘭人和水爭地的嚴肅性!也才恍然大悟家中
兩小的游泳課背後的意義……

說實
在的…

穿衣服
和鞋子
游泳我
還不知怎
麼游呢!

對我來講,
倒是穿什
麼都無所
謂…

我的兒子真棒!

穿什麼我都不會游…

2006/08/16 03:03

荷蘭北邊,從地圖看在阿姆
斯特丹右邊一點點,有一個
刺蝟星狀的小小島(人工的
,週遭都是運河),那一個
地方很特別,又可愛又悠閒
,也有一些小店。
圖片是該小小島裡的一家餐
廳,我愛死它的地板和整體
老舊感。

慰後，提到荷蘭也不能不提到錢！英文有一ケ片語 ── Go Dutch → 「各付各的」的意思，然而，為什麼不說 Go French 或 Go American，偏 ㆍ要說 Go Dutch（荷蘭人）呢？這當然和荷蘭人的天性有閞！

我不能欠瑪優錢！

就是5元她也会和我要！

瑪優向我們要「佳真」的錢
為了我的簽證。

才5元⋯

荷蘭人真的這麼小氣啊？

不能說小氣，只是他們真的对錢很認真！這是好事⋯⋯

我個人普遍的印象中，荷蘭人給我的感覚大致都很不錯，他們对外人有適度，不過份熱情。也不一直都不冷淡的舒服対待；他們自身積極的工作和生活態度，也許没法國人浪漫，卻踏実可信賴；他們的食物儘管美奶滋少不了，卻还是普遍好吃；最讓我敬佩的，是他們有一塊欧洲最多災多難的土地，卻造就了四处有可愛水景風車的美麗家園！

嗯！我最欣賞能把缺点変優点的人了！！

荷蘭讚!!

我也喜歡他們賣的木頭桌椅 ● ● ●

勝出！

在美國正式住了五年多，沒想到自己第一次
在國外看電影竟是在荷蘭！

這幾天一
直在下雨，
只能做
室內活
動⋯

所以我
們帶孩
子去看電
影吧！

好啊！
反正對
我來說
也是很有
趣的經
驗!!

我們去看了「玩具總動員」同公司出品的「CARS」，
我以為是卡通片，就算配音配荷蘭話，並該还不至
於太難懂⋯⋯

我要發瘋了!!

結果

← 还聽得懂
一些荷蘭語。

← 看得很高兴

← 睡得不錯。(椅子还蠻舒服的)

也不知道在荷蘭是有這慣例,还是因為我們去的電影院比較小,電影播了一半竟有「中場休息15分」的狀況!我只有在這15分鐘是清醒的,下半場我睡得更香!我睡覺的神技終於傳入荷蘭國!

六歲已經開始有点懂事的我的繼子們,隔天早上竟然播放「天線寶寶」的錄影帶給我看!

妳看不懂《CARS,總該有天線寶寶的程度吧!

老大愛傳

← 其实6歲已經不看天線宝宝這種東西了!

实在超乎意料的，我竟然一邊看荷語的天線宝ヮ一鼻迎享受地大笑！！

妳瘋了！妳瘋了吧？天線宝ヮ這种東西不是正常成年人可以看得下去的！！

HAHA HA…

就是這樣才好看呀！而且我还学ろ几ケ荷蘭單字！！

托比，我就説吧！嘧会喜欢天線宝ヮ！！

很配你呀！

而且我还真的得説，天線寶ヮ真的具有教育功能！一直反覆地説同一ケ字，对我這ケ語言記憶力差的人來説，幫助实在不小！（而且在莫名奇妙的笑声中学習，实在太讚了……）

挪·威·啊·

回鄉,对很多人來説,意該都是感到親切又高兴的!
但我發現對大王並不是!他一回到挪威不到一小
時就和別人吵架!

請退回去,請退回去!一个人要投20元!

不是2个人
20元…

什麼!? 不上了,你还我20元來,混蛋!

約100元
台幣。

有是認真、嚴畫的厠所
管理!还設置這樣的閘
門!而管理員的崗位还
是玻璃密閉的警戒狀態!
(怕被打嗎?)

我已經
夠瘦了!…

以上是發生於奧斯陸車站的事,我們這回去挪威
是搭飛机,然後從机場轉搭火車到奧斯陸,一到
車站,大王就因厠所收費昂貴事件火大了!

然後是去餐廳吃完飯結帳，看到單子上寫：稅金25%，連我也昏了！（100元要付25元的稅！）

我絕不搬回來!
我絕不住挪威!!
台灣好~~♪
……
台灣好之歌，不会唱也突然会了!
40歲还像一尾活龍~地憤世嫉俗…

当晚挪威家人的話題当然又不能免俗地批評一下挪威政府！

公廁收費是為了杜絕吸毒者用公廁吸毒….
小姑
但是，又來了!
又是壞人壞事，好人買單!!!
挪威人就是這樣假人道!!
什麼都要錢! 我看以後個人吸的空氣都要自己付錢買!!

更慘的是，隔天的新聞还播出一群挪威政府人道收留的中東移民，數年來佔地為王，不准「外人」靠近，然後还把自己的「再生家園」搞得髒亂不堪，在电視上抱怨環境糟透，治安太差……

以為先進國家比較好……結果根本不人道
可惡啊!!!
是我去把你的環境弄得像豬窩的嗎!?!
抓地力
不要把別人的电視砸了……
好人更不能賠錢~

2006/08/20 05:42

在挪威的餐廳裡，（桌子的木頭可真好看！）三代同堂。

~~高~~

艾琳搬到奧斯陸近郊的高空跳雪場附近，我們去的時候是夏天，所以沒有雪，但塔台因爲很高很希罕，還是開放遊客進去內部「爬行」！

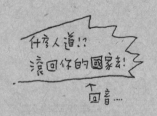

什麼人道!?
滾回你的國家去!

回音...

勞累的太太

白天顧小孩.
晚上顧老公.
半夜還喝咖
啡......

本來我對上廁所要付那麼多錢也有一點微詞的!
(對旅行者來說實在很不友善!)但是看到身邊歐洲本
地人那麼抓狂 → 我稱之為当地人的良心。所以我
也就算了!另一方面，我也暗自覺得好笑就是!管理
厂廁所簡直像管金庫一樣認真,那种上廁所閘門,
我還是生平第一次看到呢!真高級.....

还好我的旅行有繼續!因為,如果我以為奧斯陸車
站的廁所管理是最誇張的話,那我就錯了!

德國某交流道休息站

大王,你一定
要來看!這廁
所已經像捷
運票口了!!
一整排的!!!

裡面真的只有
廁所,沒有月台!

(投) 0.5歐元,还有廁所
票出來!!(約20元台幣)

還是美國好

歐洲人
瘋了!

那个廁所
票可用來
折〇價餐
飲......

廁所解
說員.

(真有這樣一个人)

也因為德國這个捷運站管理般的
廁所,多少化解了大王對挪威祖
國的一点敵意,雖然比起來,挪威还是貴多了,但,
在什麼東西都很貴的挪威,上廁所也比人貴也算合
邏輯吧!

可別小看內部這些樓梯,已經夠高
夠嚇人了,還不夠!挪威人偏偏要
把樓梯都做成空洞式的——完全看
得到梯面下的恐怖高度!
我下樓下得非·常·慢·比往上爬
時更慢,因為我每次眼睛一往下飄
,我的腿就軟癱了···

家鄉味。

其實我在國外並沒有一絲狂熱中國菜，因為經過無數次的嚐試，我發現在國外的中國菜都有一个特点——味道太重了。而且幾乎都是有醬汁勾芡的，根本看不到有什麼「清淡」一点的菜色可點！

近一年來，我更像是突然改變國籍似的，把<u>越南菜</u>当我的家鄉味！
↳在美國的。

在美國的越南菜只有一點我不滿意，那就是他們的菜附的都是生菜，如果是煮過的，就十全十美了。

這个湯（越南河粉），才是我知道的家鄉湯底啊啊……

這个排骨，才是我知道的排骨飯啊！！

原來我娶的是越南新娘！？

？？？？？

我甚至还告訴大王，以後我說思鄉時，請帶我去吃越南菜！

在國外，無論是在美國或是歐洲，中國菜都不是我預期的中國菜，除了説每道菜都味道濃重的高度辛香調味外，用餐之餘的「配套」也完全不是我所知的！

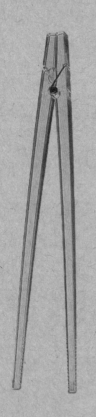

美國流行商品—簡易筷子。
專門賣給願意用筷子卻用不好的人。

荷蘭 有其它歐洲國家亦如此。 → 都附蝦餅。

在美國 → 食飯後都附「幸運餅乾」（籤餅）

一陣子後，我發現我在國外被肯定的只有「用筷子」這件事而已！

要被我家人笑死了！
我根本用筷姿勢就不正確！

在荷蘭期間，我為了感謝瑪優對我簽證的相助，也為了感謝她對我的支善對待，有一晚我請大家吃中國菜，在一家我自己也試過几次覺得不錯的中國餐廳，因為是很高級的一家（那一餐吃了一萬多台幣!），總算不是那种道道菜都濃重調味的那种！因為我是希望外國人不要以為中國菜「都是那樣」，而對中國菜留下錯誤印象，結果——

喜欢蝦餅的●雨小，用蝦餅把自己填飽，連主菜根本没有吃！（还認為蝦餅就是中國菜！）

中蝦餅好好吃喔！我喜欢！

我也是！！我喜欢中菜

瑪優

我其实还是覺得濃重勾欠比較女子…

選了一道濃重勾欠的蝦，但這一味在任何平价的中餐館都吃得到……

只有我和大王吃了清蒸味鮮爽口的魚，但其实我俩是現場唯一比較知道中國菜「不是都那樣」的人！……

以一个越南人要介绍中國菜來說，好尽力了啦。

而且你筷子用得那麼好，宇宙人也仳好不到！！

你是在安慰人嗎？？

我怎感覺心更酸～

回美國後，我請你吃越菜…

好的家鄉味喔……

雙胞胎的宿命？

半年前吧，拖比說他 "in Love"（戀愛了），瑪優嚇一跳，不過還是開明又精算地要拖比把那個女生請到家中玩，「面試」過之後，瑪優似乎安了心，覺得拖比眼光不錯，當時艾傳還說他自己對女生沒興趣。
結果前幾天，竟傳來艾傳也喜歡同一個女生的新聞，不過這是瑪優逼問出來的，艾傳似乎從來不想讓任何人知道，也不打算做任何表示。
大王嘆了口氣直說『還好現在還小，希望長大後不會是這樣！』
我也希望他們長大後不會喜歡上同一個女生・・・

呂內堡 補給站。

我明明記得我有在呂內堡拍一些照片的，因為我很喜歡那個古舊又可愛又其實很現代便利的感覺，結果怎麼找都沒有呂內堡的相片啊！‥‥

泣‥‥

本來這回去歐洲也計劃要去義大利的，但因為有突發狀況要帶孩子回挪威，所以耗時較久的義大利之行，不得不取消。

那也還有兩三天自由時間，

妳想去哪兒好？

如果說他來決定，他很容易好高騖遠

這樣我也會累死‥

去德國吧！去找Jessica！

很近，荷蘭隔壁‥

所以，我們便決定去拜訪嫁給德國人，我自己也還沒見過面的讀友JessicA！剛好潔西卡的先生因工作的關係，他們暫時從法蘭克福移居到北部的呂內堡 Lüneburg，離荷蘭又更近些，因此我認為很適合只有兩、三天的行程！

可是對了你也沒見過，萬一大家不對盤怎麼辦

那就只好「女人卡」發一發，藉故走人囉‥

沒想到我和大王一到呂內堡,立刻就喜歡上這個小土地方,感覺就是麻雀雖小,五臟俱全,有歷史古蹟感,卻又整齊,現代,可愛!

從我們抵達放下行李後,我印象中就是吃喝沒停過,一直延續到潔西卡的老公克勞孩下班後,又繼續吃喝的加班,態度之認真,品管之嚴格,連天使都沒机会走過⋯

這個標題下「補給站」,真的是因為在這之前的行程我已經累翻了!先是在荷蘭帶孩子,然後再連同大王艾傳拖比瑪優所有人,去到挪威會面那裡所有家族人員,包括爾偶得分心看顧兩個雙胞胎小女娃!我真的是累到最後一滴體力都用盡了。

所以去呂內堡我根本不打算交際應酬,我真的有點抱定如果傑西卡不是很容易相處的,我就會提前離開,不是我殘酷冷淡,實在是因為我真的已經再沒有任何心力了!

結果傑西卡真的是個補給站!她果然也是直爽又熱心的女中豪傑,不但煮了故鄉菜給我,還非常建談,和只想更直來直往的我很速配!

而且呂內堡又是出乎我意料的好,我完全很高興這個結果!當然,也真的油箱被加得滿滿!

謝謝妳啦!Jessica!

果然 隔天我和大王幾乎中午才抵達潔西卡家吃「早餐」，吃完早餐又立刻外出再繼續吃喝，彷彿這是我們的「正職」，照著一般人上班的行程，我們也努力「工作」打拼！

抱歉，我有累，想回飯店躺一下…

bye—

想偷跑？怎麼可以？

是喔到五？好久喔…

我也想睡呀……

但是想到 Jessica 的熱情和愛，6 點多就起床煮早飯，体貼地給我中式，还不忘給大王西式，我就覺得我們果然是太難相処的一対夫妻，我默默頒給自己一張「好人卡」，決定説婆々壞話以提振我的精神！（剛好此行和婆々有些不愉快）

我那朋友的婆々居然連筷子都没沾一下…

← 什麼時候變成潔西卡在「提親」，是々謎～

婆々話題果然有力，講到克勞斯都下班來了，还没停。

兩天兩夜來，我以為自己很操勞地吃喝，終於要離開汉堡時，才覺得其實之前在荷蘭和挪威的勞累已經補回！

確定不去和 Jessica 当面道別？

有→神

我还是用打電話好了，免得地以為我是脱離他才精神好…

我這趟去德國有再去道布萊梅 (Bremen)，那個愛爾蘭 PUB 裡，我的五百元已經不在了···

誰拿走的？

还來啊!!——

發育中的中年人

前一陣子，大王突然開始咳起嗽來，嚴重時还有一种欲罷不能的氣勢……

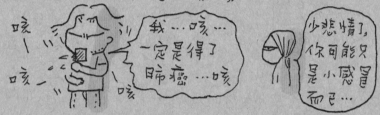

咳一
咳一

我…咳…一定是得了肺癌…咳

少悲情了，你可能只是小感冒而已…

可是他的咳一直没有好，而且还到達他自己自發戒煙的狀態，我終於也開始感覺，情況比我想像中嚴重！

這一次的事件，居然讓大王自動戒煙好幾天！
我感到很不可思議，既然他可以忍好幾天不抽，應該就要乾脆把煙永久戒掉啊！我自己是連感冒咳嗽都無法忍住不抽煙的，所以我拼命鼓勵大王，但他還是無心戒除……

咳一
咳一

我在想…咳…我可能是貓過敏…咳…或是塵蟎…咳…

不要猜了！快去看医生啦!!

話夸大 → 肺癌
化小 → 過敏

我了解我老公，当他小事誇大時，其實反而不嚴重，但是当他開始大事化小時，反而全人擔心!!

後來在我的堅持下，大王終於同意去照ＣＴ了，但是要我陪他去。
當我在醫院看到大王身體內部的影像時，那種感覺可真奇怪啊！・・・好像一點都不認識這個人・・・

這個內臟・・・
從來沒見過呀！

他自己也因為惰性，一直在那裡拖、拖、拖，終於到星期天，他氣喘發作了！

我・・・我剛氣喘發了・・・

不能呼吸

噴藥。

這嚴重!? 怎麼辦!? 我・・・我還不會切喉嚨插管啊・・・!!

回切喉插管：電視劇有演過的急救方式

是誰說要切喉插管的?! 妳應該叫救護車就好了！還好我現在好多了！不然會被妳害死・・・別嚇我・・・

為了不讓大王繼續拖，我強迫他星期一定要去看醫生，而且我會親自和他一起去，以防他又敷衍我！

星期一我們去了醫院，因為沒預約而所有的醫生都約滿了，我們只好同意先讓一个護理診斷師看，剛好那女醫師是個華人。

他只是呼吸道發炎而已嗎？沒有更嚴重??

應該沒有，我們順便估一下過敏的檢查・・・

由於大王本來就是氣喘病患，他又對很多東西都很過敏，也常々小感冒，又兼是ㄍ吸煙者，所以實在很難很快斷定是什麼原因咳嗽，暫時也只能先止咳、等待檢查報告出爐！

剛好石並上你會說捷，我剛看了這對照表很久了，想請問COPD的中文是…？

COPD 氣喘

ㄟ…？好像是肺結核吧？

我肯定我沒氣喘

我也不認識你的腸子啊，而且我也不想認識──

肺結核!?聽起來多嚴重啊!!我嚇了一大跳，因為上面的徵狀我好像都有！

趁這机會，我們一起來戒煙好不好？來看戒煙門診…

好…

4完了，怎麼變得如此悲情???我是不是病得很重??

希望不會太遲…肺·結·核……

我想，我確實已經是「發育中的中年人」了！身体真的要好々照顧了，雖然回家後上網查，發現那診斷師有夠兩光，把「慢性阻塞性肺病」說成肺結核，但是我真的也不想再掙扎了，這次，真的要認真戒煙了！

飯糰的滋味

住國外的痛苦之一是——有時突然想吃某樣東西,日也想、夜也想、晚上做夢还夢見,但是現實中吃不到就是吃不到!

我好想吃飯糰!
好想吃、好想吃～

飯糰是什麼魚類??
有那麼好吃嗎?

不知…
我也好想吃…

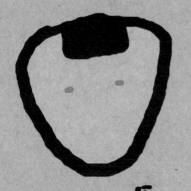

找我嗎
? 小姐…

我四处問西雅圖的朋友,最接近的答案也只是燒餅油條而已,没人有聽聞何处可吃到飯糰!就连我忍無可忍、一忍再忍、忍了十个月之後,本已打算抱著被罵到焦黑的準備,想請家人「冷凍」个飯糰,用快遞寄過來時,這种戲老天爺也看不下去了,祂讓我找到「冷凍油條」!

冷凍油條!?

原來這家驚人超市有賣!!!
以前都沒看到……
馬上買了兩大包!!

比起國際快遞的方法，我馬上覺得还是自己DIY比較低調些！我要的飯糰，不過就是糯米＋肉鬆＋蘿蔔乾＋油條而已！買下油條，我就只差糯米而已，而我事實上感覺，如果油條的口感对了，糯米应該可用普通米代替就好，總不能買一整包糯米回家，卻只吃那一次吧？

異鄉遊子惜物愛物的心態，是很過頭的，除了米要那樣替代外，我連油也不是很捨得用……

油條

包裝說的可以用油炸或烤箱烤……用那麼多油炸一條油條太浪費了！还是用烤箱吧！

果然，烤的就是不一樣！我記憶中油條脆脆的口感，烤出來就只是一條很油的麵粉條而已，但看在恩念了十个月的份上，我还是把它吃完了……

噁

女子油呀…
我這是在
喝油止渴嗎？

我從來沒在台灣看過味全有出這種燒餅···

這個叫做「急救袋」！！

隔了一陣子後，我果然還不死心，但這次我決定不能再偷工減料了，該油炸就是要油炸！不然我今生永遠別想再嚐到飯糰的滋味！沒有這樣壯烈的決心是不行的！一定要抱著「沒有明天」來努力做飯糰！

果然用炸的，脆度就出來了！！

沙拉油 ← 果然沒有明天。

當我終於花 40 分油炸，20 分煮飯，3 分鐘捏出一个飯糰後，內心的喜悅真是包青天也無法逼問出來的！

十个月來的思念啊──

有像……有像……！！這就是飯糰的滋味啊……

接下來那几天，我幾乎每天都花一小時以上油炸、煮飯、捏製，只為吃一粒飯糰！很浪費我知道，但我無法阻止一人早餐店（大王不欣賞），所以我還是盡力在節省……

喂……

我們家沒油了嗎！

用這个！

回鍋油.

那是什麼油？

精製油…

又是讀者告訴我（住西雅圖的），LAKECITY WAY有一家叫做敘香園的餐廳，他們週六週日有賣飯糰、燒餅油條……等這類早餐，我去檢查過了，他們確實有！
而且好貼心地，早餐時間竟到下午三點！真是造福人群啊！

T-shirt 轉印紙。

就是長這樣—

何來自封DIY女王的我，好一陣子以前就發現
一種好用產品 → T恤轉印紙。

①用自己的印表机
印出自己的图片。

②用熨斗把图
熨燙在T恤上

③冷卻後
撕下背紙。

可是當時我的財庫通黑洞，所以儘管是心動，卻
一直沒有抱著 明天去自殺 的決心來買下去。低
調地等待了數ケ月後，終於在這ケ月有真餘力，我
立刻買了一包轉印紙及數件空白T恤來試，另
一方面，我也是打算今年家族的聖誕禮物就
是這ケ了！每人一件特印的獨一無二的T恤！

當然了,「禮輕情意重」就絕對不能忽視「情意」兩个字!我有想過,或許人人都可以自己乱印T恤,可是並非人人都会像我一樣去底修白!

這還是慢工細活的事啊!
人家好想趕快來印T恤

心急又得按耐住性子,情意真的很濃!

而且,我可不打算就那樣一整片長方形熨燙上去,我做的可是有經過美編、設計的!

100元的材料一定要讓它看起來有一千元的價值感!

加油!!

我穿T恤

T恤下台

我這急性人真的為了「情意」二字忍了又忍,因為說明單說『轉印之前請先清洗T恤』(為更佳的效果,新T恤未下水的不容易紮實黏住圖案),所以我同時也是忍住滿爆的熱血,耐心洗T恤……

怎么还不脫水?
洗衣机壞了吧?
太~慢了~

牛轉說!才剛開始洗而已!!

好不容易，衣服洗好也乾了、轉印圖也印好了，熨斗也預熱好了，我滿腔熱血再也控制不住了，嗞──的一聲，我立刻就毁了一件T恤！

黏對月了──
說明單上說
「不可用蒸氣」!!

只能熱燙…

三明治

怎麼辦？還是別浪費吧…再轉印到另一塊布上，再把它車縫到T恤上，蓋住失敗処吧…

不要
T恤

T恤
下台

拉布條中

妳不要寒酸成這樣吧!?

最後，我還是要說，失敗不愧是成功之母，我最終還是印出成功的T恤了！T恤轉印紙真是送禮過節必備佳品！

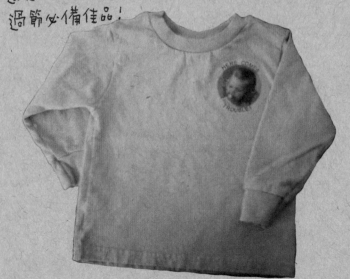

我兒子艾傳完全不做表面功夫的，當他拿到沒興趣的聖誕禮物時，失望之情完全不願隱藏。倒是拖比就比較有情，即使不喜歡的，他也是不會傷害送禮人的感情。

我知道衣服是他們兩都不很喜愛的項目，可是我還是執意按照計畫進行，但是為了讓衣服變得有意思，我用軟體合成孩子們的頭和樂高人偶的身體──艾傳迷樂高的蝙蝠俠系列，所以他就成為樂高蝙蝠俠人偶；拖比雖不玩樂高，但是著迷於樂高的星際大戰電玩，所以拖比成為樂高星際大戰的那個玩家人偶。

果然當他們兩打開禮物後，興奮地大叫，還立刻把衣服穿到身上！

假期間艾傳弄髒了衣服，結果我用洗衣機洗得有些掉落，於是偷偷藏起，沒讓他帶回荷蘭。結果艾傳回到荷蘭找不到這件衣服，還要求瑪優打電話來問呢！真是完全成功的T恤計畫！

後來我又重新買了灰色T恤，幫艾傳拖比印最牢固的樂高人偶圖！

40元 獎金？

已經好一陣子了，外強中乾的大王處於「不舒服」的生病狀態，有時好像「被放假」地好個几天，有時又立刻回生病崗位繼續服務。

空氣清靜機 No. 1

藏在牆中，和家中空調系統合而為一

起來，起來！咳！咳！我需要乾淨的空氣才能入睡！！

咳

咳咳

咳

咳咳

什麼？？發生什麼事？？

空氣清淨机

有起床氣的我，常睡到一半被迫帶著二隻貓去別處睡，那種怨念真的快要讓我練出超能力了！

昨晚才和他說我可以直接睡客房的，他自己硬要保證OK...現在

又要把人從床上挖起來！恨啊⋯

↑隔空搬枕約。

ye~ 變會的湯匙。

空氣清靜機 No. 2

可移動，插電

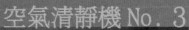

空氣清靜機 No. 3

可移動，插電

…還要幾台才夠呢?

我一边站在原地等，等什麼呢？失主嗎？我也不知道，一边我又拿著兩張鈔票在那裡細細看，也正在此時發現，其中一張鈔票背面用簽字筆寫著

Luke 6:38

（現在究竟是怎樣？？劇情難道又要變成聖經密碼嗎？）

（Luke 6:38 分明就是路加福音 6:38⋯⋯還好我十博學多聞⋯⋯）

我就在那裡站了三分鐘，沒有看見有人前來找東西，我決定最近生活已經太雜了，拒演了國家寶藏第二集，我把錢放入口袋，回家⋯⋯

→第一集是尼可拉斯凱吉主演。

Luke 6:38的內容，事後查出是這樣的：

你們要給人、就必有給你們的，並且用十足的升斗，連搖帶按，上尖下流的，倒在你們懷裡。因為你們用什麼量器量給人、也必用什麼量器量給你們。

（原來⋯⋯）

（這是神給我的獎金！！）

獎勵我這一陣子為老公的付出啊！！

（你這小蠢蛋⋯⋯）

神奇！！

（這麼說來⋯⋯你對我的付出根本很少很少！才值40元美金而已⋯⋯）

（並說是有人約路加 6 章38分在那裡等啦⋯⋯）

最後的最後，我買了防塵蟎的寢具套，結果發現它還不錯用，確實大大減少了大王的過敏頻率。

在瓶

我的一双手，這幾年來雖然也是粗了(因外家事做得比較多)，但是該改變的也还是不變…

所以，在我家常々發生這种事……

瓶蓋在油海中浮沈。

我常覺得，我全身上下最像女人的地方，就是那双沒什麼力氣的手！因為經常很多次，我連已

煮義大利麵器— 就是把麵條放入，倒入滾水，蓋子全蓋起來，悶泡個二十分···藍色那個是附贈的隔熱布套。

號稱什麼都能切割的刀—

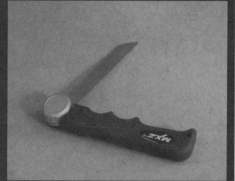

我還沒試過···

開封過但又被蓋好的(蓋瓶)，都打不開！所以造成我大都只把瓶蓋套上，但都不敢轉緊的習慣！

電視上確實有在賣很多奇怪的東西，但我總是覺得，為了開个瓶子去花錢買个萬能開瓶器實在是太浪費了！！所以，我曾買過煮義大利麵條器、萬能刀(號稱什麼都能切開！連玻璃也可)等，就是不願只為了開瓶這种小事買一个萬能開瓶器！所以，幾天前，我為了一瓶化妝水吃盡萬能苦！

平常号令大王開瓶我是不会遲疑，但，像這种会被大王譏為「沒知識」的東西，我就只能低調偷做…

練了一晚蛤蟆功後，我本來已經要開始用萬用刀割瓶子了，可是，左思右想我又覺得很不妥！萬一玻璃碎屑掉入化妝水中，就算成功切開瓶身也是沒用！

這ヶ瓶子……有鬼

竟然要動用到我的萬能鐀

竟然沒被撞昏!!真是ヶ令人只能專注一心的瓶子啊!

別以為我有大小心，即使是我自己的保養品，我一樣只是「瓶蓋擺上」而已！絕不轉緊！但，神奇的事還是發生了，第二天我竟然還是打不開只是擺上去的瓶蓋!!

瓶子知我有仇……

打不開 化妝水　打不開 老酒

連想灌一杯老酒消愁，也不行……

毛孔有那麼緊緻就好了…

我漸漸相信，歐巴桑真的不是自願當歐巴桑的…生活的環境總是一步一步誤他們不得不往那裡走去……

我還是去買ヶ萬能開瓶器吧…

為了更好的明天……

順便買些金飾來戴好了…不、不、不、直接鑲金牙去！實用又保值，还可咬瓶子.足采眸卻褲其實也很倒落說…

沒騙人吧···

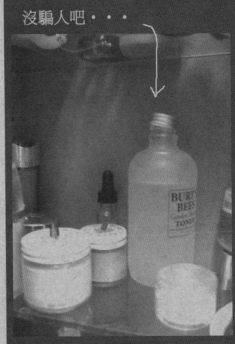

我總覺得，再蓋上去就會又打不開了—

15年 晚會

今年是大王在微軟服務滿15年的年份！…

如果沒有我說要去，
大王應該不會出席。

一ケ月之前

15年!?
天啊
好像恐怖片
無法想像

總之別忘了，
10月底有我
們15週年
慶祝晚會…

⊙只招待做滿15年的
員工，一ケ人只能帶一ケ伴。

我本來也沒怎麼放在心上，可是，隨著時間愈來愈近，我
突然也緊張了起來…

有空幫我
把西裝領
帶拿出來
燙一下…

好也準備
一下衣服，
不能穿牛
仔褲哟？

对了哦！
是在一家
飯店舉
行的…
不能太隨便.

10月下旬以來，西雅圖天氣漸漸冷了不少，這二年來我和
「住國外的新鮮感」蜜月期早已退得無影無蹤，我突然
就是很不想忍受「受寒」的感覺！

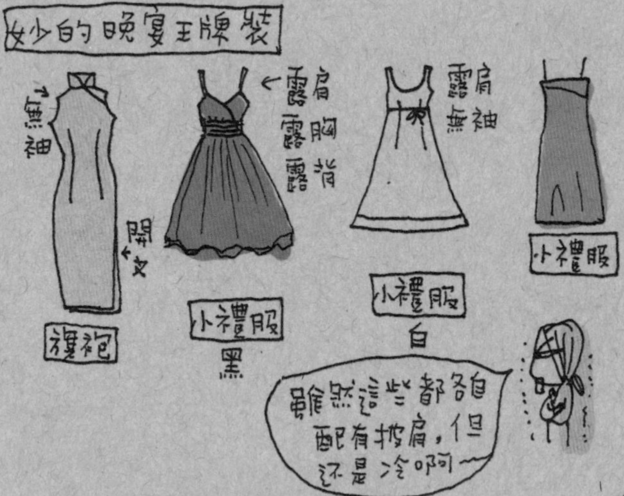
妙的晚宴王牌裝
無袖
開衩
旗袍
露肩
露胸
露背
小禮服
黑
露肩
無袖
小禮服
白
小禮服
雖然這些都各自配有披肩，但還是冷啊~

在國外，因為室內往往有暖氣，所以女性的晚宴服通常還是露這露那的，頂多加小披肩之類的，但並不真有能多暖和的小禮服，當然你出門時可穿大衣在外面，可是通常進了宴會場所，就會把大衣交給服務人員寄放在衣櫃間，我還沒看過有人穿著大衣在會場走動的……

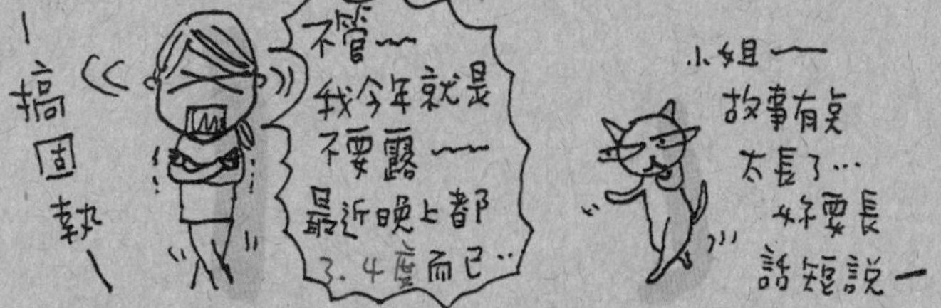
搞固執
不管~
我今年就是不要露~
最近晚上都7.4度而已…
小姐~
故事有點太長了…
好要長話短說~

長話短說就是我修改了一件Rayon（人造絲）的上衣，因為不想多花錢在很少穿的小禮服上，修改過程是順利，但卻被我自己意外洗縮水了!!

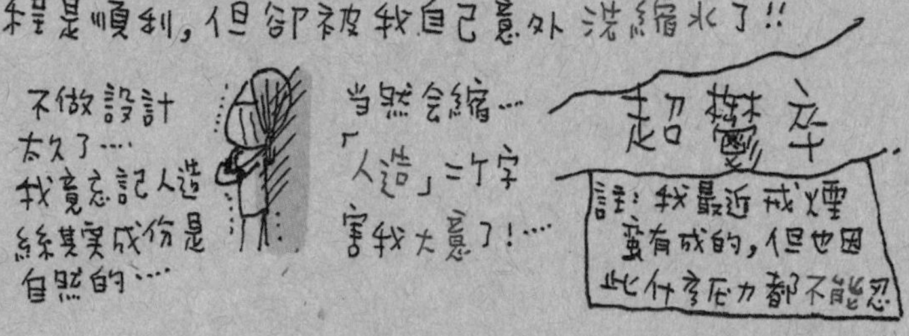
不做設計太久了…
我竟忘記人造絲其實成份是自然的…
當然會縮…
「人造」二個字害我大意了!…
超鬱卒
註：我最近戒煙蠻有成的，但也因此什麼壓力都不能忍

當晚果然屋外很冷！多數人都是穿著大衣前來的，但也如我所料，大衣在進場前都寄放到衣帽間去了。

微軟果然做事細心，不只15年資歷的員工有姓名卡可別，連員工攜帶的伴也有姓名卡！我領到我的姓名卡時還有一種興奮感呢！立刻將它別起來。不過這樣做同時也散發出一個訊息——15年資歷的員工還是很多！

我很快（中間删了三千字）看上了一件我認為「不必脫」的外套，应該还適合晚宴，更重要的，也適合平常穿……

我看中一件外套，馬上買給我吧！

⊙太貴，我自己買不下手⊙

我的生日礼物提早拿！

誰說妳生日礼物可以指定了!?

而且現在才10月!!

你生日12月吧!!!

（爭執了50頁，删）秀出了那件外套的樣子，大王終於答应提早買外套給我，当生日礼物！因為困擾是他給我的！

J. crew

穿起來瘦了3公斤!!

真正到了宴会前一天，我的戒斷症馬上轉到另一个擔憂……

在微軟做了15年的人，不多吧！

該不会出席的就又有我們2个!?

說真的，我也不知道……

很快地，我們就親眼見識到了……

你確定一个人只能帶一个伴？

我也味味一跳！竟然做15年的还有這麼多!!而且我們个人也不認識……

躲在角落的2人。

（互相斟瞻……）

餐前 雞尾酒会

如此

這般

到了子桌,用餐餐廳正式打開,看起來就好像台灣的大公司在飯店辦尾牙一樣,前面有舞台、主持人、三个大面牆螢幕,以下就是一桌桌的賓客,我偷~算了一下,大概是62桌。一个桌子坐10人,其中只有一半是真正的員工,也就是做15年的員工至少有300多人,而這還不包括一開始就決定不出席的人,還有答应出席卻沒來的。

舞台上高官正在致辭……

原來你並不特別……

好失望嗎?

瘋了嗎?是很放心了!讓我戒断症減輕不少!!

現在可以放鬆享受了……

我　大王

這張照片是微軟拍的。

↖
餐前雞尾酒會,大家隨意交談。

↑
冰雕做的整座酒吧。

←
餐後樂團表演,來賓跳舞狂歡。

立冬了

上一回有提到，我今年也不知哪兒不对勁，特別不想忍受寒冷的感覺，所以打從入秋以來，我一直在尋找「特別厚」的長褲！

這一件是後來用網路再追加採購的，我第一次買的是女裝的褲子，比較合身的剪裁，那也不是問題，問題在於太低腰了，肚子不夠暖！所以第二次乾脆買男裝部的最小號來代替。

鋪棉的褲子穿起來最佳~胖.
可是好暖喔…
COZY~

有些滑雪的褲子有兩層，也是好暖哦…
COZY~

可是我找不到鋪棉的長褲，而滑雪用的又有些太貴，在此為難之際，我看到第三種選擇…

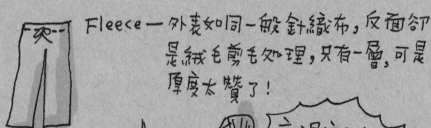

Fleece—外表如同一般針織布，反面卻是絨毛剪毛處理，只有一層，可是厚度太贊了！

~超級COZY~↑

就是它了！我夢中的長褲！

打定主意買 Fleece 質材的長褲後，我就開始在網路上比價、比款式，很不幸地，論款型、論価位，HOLLISTER 都中獎了！

兩年前，我寫了一篇「恐怖偷生少女」，不知大家可還記得？

当時是一ケ歐巴桑和年輕女生搶衣服，現在，是歐巴桑和真正的小女生搶衣服了!!

靈夢啊...

HOLLISTER 這品牌在美國賣的是賣給剛々轉小大人的小妞、小男生穿的，所以価位当然也相對便宜許多，但是，想保暖又想省錢的我已經管不了那麼多了！我決定厚顏、堅強地去買……

HOLLISTER

你在外面等我，我保證5分鐘一定会出來

這是真的！誰敢久留呀!!

沒關係呀...我也可以看々...

真是ケ完全無知的老伯！

果然，我一走進去，迎面而見的兩ケ客人看起來都只有12、13歲！我深呼吸了數次，用技術高超而流倒的閩南腔腳步殺到 Fleece 褲子區，連頭都不敢抬一下……

Fleece，中文翻譯究竟是什麼呢？我也不知，但我確定大家都知道這種質材，它是一種人造纖維刷毛織物，這幾年來一直很受歡迎，尤其廣用在外套上。

這一件上衣是我自己去買 Fleece 的布來做的，因為此種布料剪裁下去也不會虛邊，所以我就沒處理邊了。

上半身也要暖啊!...

如果上回勇闖A&F可以得五顆星，這一次在HOLLISTER則可以直接登上「代表作」的地位！

好不容易結完帳，我迫不及待要逃離現場，但…

最後，我只能說「便宜又好」真是一件令人難以抗拒的事，我在商店買了二件Fleece的長褲（果然又暖又舒適），後來还用網購又再買了一批，實在沒勇氣再親去。

而這一批，还包括了大王看上的毛衣…

Hollister因為是做給剛開始轉大人的小朋友穿的，所以尺寸幾乎很少做到XL這麼大的。

大王看上的那件毛衣竟然有做到XL，我心想，這麼大，大王應該塞得進去，結果衣服抵達後大王試穿，什麼地方都合，就是肚子處無法避免地緊繃著！

——順便一提，大人衣服和青少年衣服的製版方式本來就有些微差異，考量青少年應該甚少有大凸肚，所以製版時一般都不會再去加大肚腰圍處。這也是為什麼買衣要買自己的年齡的廠牌，如果你希望廠商能貼心為你考量中年身材的缺失的話！

風雨中的 西雅圖景點

九年前，我就接到過一封來自台灣微軟的信……

台灣微軟……? 該不會以前曾用過盜版，現在終於追到了?……

要罰我錢嗎? 还是要告我…?

我要不要請律師?

結果，竟然是讀者! 我當下受寵若驚起來! 原來菁英竟也会讀我的書!

傲

告訴你! 你們微軟的人，也讀我的書!!!

我也讀笑話集啊，特別是坐馬桶時…

你不要想太多……

果然不假，我聽很多讀者都説過，我的書是廁所良伴，和衛生紙的地位差不多重要。

然後，這位讀者Doris，也多次來西雅圖出差，我們試圖約了九次，終於在今年約成了！

因為只有下午五點半以後的時間，Doris隔天早上又必需早起，所以「一頓晚餐」是最佳的安排，我想了很久，決定帶她去有湖景可看的一間西餐廳！

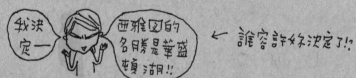

但是星期三可真是萬事不如意的一天！首先是風雨比前幾天都更大，然後前往餐廳的途中還遇到部份路段停電，交通大亂！（號誌燈也不亮了）一段15分鐘的路開了三倍之久，也影响了司机阿烈得的心情，晚餐臨時由三人變成兩人；更不如意的是，我以為這种風雨交加之夜沒有人要外出用餐，所以也沒事先訂位，沒想到，到了餐廳後已無空桌……

Doris說，台灣微軟公司裡，免費提供的飲料是養樂多（美國是各種蘇打飲料包括可樂），但是他們也有免費提供的食物——白吐司！（美國沒有免費提供食物）

聽起來可真搞笑啊．．．

這算不算洩漏公司机密呀？
．．．

一上楼，我真是有些後悔自己為何都不提早準備！Lounge區的感覺和樓下真的差很多，雖然 Doris 不知道。再往窗戶外一看，因為天氣很差，根本也看不出個悤景，我連提都不想提，Doris 大概到現在也都还不知道我們当時是在湖旁辺…; Lounge 的服務果然也比較鬆散，完全沒有一点特殊性可言…… 一切 gone wrong！

好吧！我也不要氣餒了！就當自己是西雅圖的名勝吧

還好她还蠻興奮於和我說話…

既然我是西雅圖的名勝，飯後去我家參觀一下，应該也算不錯的安排吧？我屋外至今未修的傾斜樓梯、甲板的雨濕滑溜，自然應該都是「景点」吧？还有 MANY 和 YOYO…… 也皆能助陣吧！

好像是我到過美國人家裡中，最乱的…

真的嗎！？

其实我前天才大掃除吧！地板你要不要戴上白手套摸摸看？

↑ MANY 果然很配合，竟露出前所未有的親善態度!!

YOYO 愛出風頭

不過，聽到 Doris 這樣說我一点也不生氣，竟然还有一种值得的感覺！因為，如果我是西雅圖的名勝，我的凌乱天性应該也很值得一看吧?!

我家的凌亂，應該是在於東西都沒歸位吧！並不是髒。
也不知道為什麼，從書架上拿出來的書，用完也不放回去，從倉庫中拉出來的工具用具，用完就直接放在角落，郵件從信箱中拿進屋，就直接灑在桌上・・・還有愛貓的玩具和小被子隨地可見。

亂是真的！我沒有什麼要辯解，*Guilty!*

第 3 者

本週四是美國的感恩節，也算是一个美國人都会回家團聚的大節日。因此，大王也獲得了連同週休二日充成的 九天之久的假日！

我們去玩吧！

去沒有下雨的別州……

順便測試一下你送我的生日禮物 —— 湯湯

GPS 導航系統。

好啊

如果貓旅館还訂得到！

這還在待機畫面，正常的畫面地圖不是這樣單色系的。

今年，我和大王都提早給了对方生日禮物，我送給他（圖）的是一台含有 加拿大、全美國、全欧洲 地图的「湯湯」—— GPS 汽車導航系統，因为，我已經超級厭倦每次出遊，明明有詳細最新的地图在手，还是要大吵一架 找不到路！我決定，如果非要吵架、互相責怪不可，那就責怪一个「第三者」吧！因此，我找來了「小湯湯」來當我們的第三者！連報路的聲音我都設定为「女聲」。

這一兩年來，由於多次從「旅遊小地方」得到驚喜和特殊經驗，我的旅遊几乎已經秉除了「跑大城市」的路線，這一次，我挑了一个自己完全不熟悉的「pendleton，奧利根州」

為什麼去pendleton？

你連這名字都唸不对！！

国王下山來点名点到的心

不要問為什么了！！我就是直覺选上它！

我想去Boise啊...

在IDAHO州

反正 PENDLETON 是个去 BOISE 会經過的小地方，所以大王終究也不反對第一晚在 PENDLETON 過夜，就這樣，我們帶著小湯湯上路了。

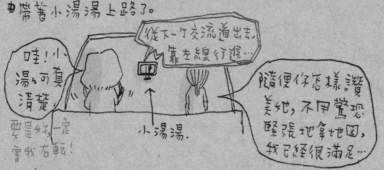

哇！小湯湯可真清楚

要是我一定會叫我右轉！

從下一个交流道出去，靠左線行進...

小湯湯.

隨便你怎樣讚美她，不用驚恐緊張地拿地圖，我已經很滿足...

交流道通常是一个複雜的地方，出口往往不是只有出口而已，有時也是另一條公路的交接入口，一不留神就会出錯，這一点，小湯湯表現得很傑出，不只如此，萬一你真的走錯了，轉到別條路去，小湯湯也会立刻從錯誤的地点開始，重新告知你如何轉到正确的路上！

之前还擔心是浪費....有地图可看还買GPS...

現在看來，這是我一生做的最好的決定之一！

我同意！男人是应該有个聰明的小老婆....

驚魂

我買的這台是 910 的型號，已有內建記憶容量。
但是現在的產品說明書經常類似的型號都用同一本，因為按鍵操作都一樣，所以廠商就不再多花心力去各製一本，頂多加一些文字另外說明。
所以我拿到的說明書主要是介紹型號 510/710 的，510/710 外觀有一個不同處在於，它有記憶卡插槽。

所以我拼命找尋我的 910 的記憶卡插槽，怎麼樣都找不到！後來很生氣，覺得商家寄給我更古早以前的型號充數！所以我的機器沒插槽，未來也不能另存地圖集！
我還立刻上網確認訂單，確認我下單的是 910，而且付的款就是那麼多，準備去和商家理論，要求換新！
結果當然發現 910 因有更大的內建記憶容量，自然不需要插槽！真是白痴啊
• • •

PENDLETON 果然如我預料的,是个不知何的小地方,可是,它也如我預料的,是个沒有下雨的乾燥地!尤其,对於才剛々從多雨的西雅圖还走過下雪的山区,來到乾爽的 PENDLETON,我們其實已經很滿意了!更驚喜的是它的物価消費,几乎只有西雅圖的一半!

当夜在 HOTEL 裡,我还做了个不可思議的夢!

而且第二天一抵達 BOISE,因為和「都市人」很快發生不愉快,我們竟又決定退回到 PENDLETON!

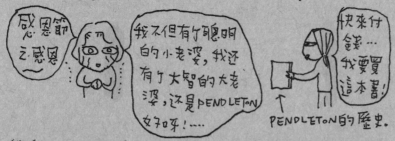

我和大王逐漸養成一个習慣,每到一个地方去旅行,就会去買当地的故事書或歷史來看(不是旅遊介紹書),我們喜歡辺玩辺看書.辺感受……

以前我對衛星導航系統沒概念,我以爲那單純只是一台機器秀給你電子地圖,頂多把你該走的路線清楚標示出來。就是有這種誤解,我一直對衛星導航系統不感興趣,我認爲地圖書還比較好用,雖然大本,雖然最好不要亂畫亂標(畢竟以後還要用),但至少不必緊張電力耗損、如何充電的問題。

(續下頁)

也是後來才知道，原來衛星導航系統是即時的，它知道你車子這一秒開到何處了，通知你哪一個路口要轉彎，告知你還有多遠到達目的等等等，這實在是太好用了！

只是白痴的我還是不懂，為什麼它知道你車子開到哪裡了？如果訊號是從車上傳到衛星再傳回，實在是好快啊！還有，那麼多人同時在用，它怎麼不會搞混啊？還有，這樣衛星不是很忙嗎（包括手機等）？它怎麼不會當機之類的？還有‧‧‧

在PENDLETON散步閒逛古董店，曬曬陽光，看西部電影裡頭可見的乾草球隨風過街，我們幾乎都要忘了山的另一頭的西雅圖還是每天在下雨，而且兩地中間的山上的風雪也愈來愈大，回程是可以躲避山路，改走沿河的道路，南繞北上，可是那路程足足有走山路的兩倍之長！

我們很幸運地，在大雪之前過山回到家，也順利地接回MANY和YOYO，這趟旅程雖然短，但似乎一切幸運也順利，尤其是小湯湯，我幾乎要說，她一肩扛下了我所有的重擔！

大風雪

這一週，在西雅圖最大的事件就是大雪了！上星期日，我在雨中衝進賣布的商店，進店前是冷雨，出店後已經是大雪了！

張女士，接下來上哪？

司机

回家！

趁雪還沒積到嚴重的程度……

接下來很快地，雪一下子就積到四、五吋以上，總是下雨的西雅圖，突然下起大雪，大家第一時的反應都是高興、興奮，終於暫時擺脫了雨雨雨，但是卻對危机反应慢半拍，以至於到星期一，終於造成數十年來最大的混亂！

好啦！讚美一下台灣的新聞台吧！如果是這種情況發生在台灣，新聞台為了搶新聞，應該冒著生命危險也會立刻出動ＳＮＧ車吧！不過我也不敢肯定這樣是對的‧‧‧

收音机完全没說……

妳可不可以看一下新聞究竟發生什麼事！？我已經困在路上四小時没動了！

我早已盯著新聞看了兩小時了，只說四处因意外塞車，没具体說是什麼意外！

快來依偎取暖吖…

这种天氣，連新聞車也出不出吧！

當晚，大王花了八小時，一直到隔天凌晨兩點才回到家！

先演一段情感大戲再說……

然後，在家困了二天也沒能減輕我的煩惱和擔憂…

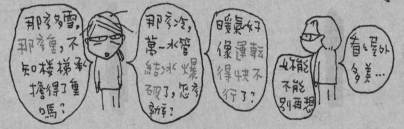

美麗又危險，我也終於體悟到了，我每年冬天必抱怨的雨，我突然很想念它！回來吧！阿醜！…

※ 其實這是祈雨舞 ※
最快、大規模化冰雪的方法是下一場大雨。

路上和路邊已經沒有界線了，連垃圾車該出來收垃圾，也自動放假延後了（路旁一根根柱狀物是居民的垃圾桶），小孩也不去上學、大人也不去上班，新聞總是說，「沒有必要都不要外出」，以免自己受傷、受困還要麻煩救難人員冒險趕來。

昨晚,終於下了毛毛小雨,今早起來果然雪已經減少很多,但是因為雨不夠多,反而將剩下的雪變成薄冰片,路面更滑!

（已經兩天沒去上班了,我今天一定要去…）

（可是阿醜還沒完全復活呀!這樣是很危險的…）

（妳夠了沒?）

（我沒有沙拉油,我都忍住去買!!…）

大王終究還是去上班了,而我不但仍然沒去買沙拉油,還在家加班跳祈雨舞……

（愛換隊形!）

（阿醜,再加一把勁!）

（有完沒完呀…）

其實只是內心強力祈禱,並沒真的跳啦啦舞。

又不是瘋了說……

但是,我有出去收郵件喔!(真是一件了不起的大事!)而且我這一輩子從來沒這樣「慢動作分解」走路!地上實在是太滑太滑了!真是不如準備一雙冰刀鞋,溜出去還比較安全!

信

← 看來好像走一步要想兩分鐘,其實我是在自我收驚和祈禱。

我本來就不太會在雪上開車,所以我只信任四輪驅動的車子,有雪的日子如果不是開我的四輪驅動,我是不會出去的。
這些雪日中,我都強迫大王開我的車出去(卡車雖也是四輪驅動,可是因為後面沒載貨,會有點頭重腳輕,不全然那麼安全),因此我自己就沒車開,並不是我真的自我控制到一步都不願出門啦・・・

聖誕月曆

連續兩年聖誕節前,我都會買一種「聖誕月曆」,它其實是給小孩子玩的,從12月1日到25日止,每天打開一格,裡面是各種圖案的巧克力⋯⋯

12月1日

嘿!這次的月曆除了巧克力之外,还有小紙條吧!

"GIVE TO SPOUSE FOR COFFEE"?什麼意思!?

譯:和配偶換咖啡。

你知道的,你們華人都有幸運餅干,大根定就是那种東西吧?

難怪英文也是怪怪的⋯⋯

雖然大王也覺得很怪,可是我倒是覺得不錯,除了每天可吃巧克力,还可看籤詩,我可是一点也不介意!

但到了12月3日我生日那天,我可就真正覺得神奇了!⋯⋯

12月3日

籤詩:這个月生日?穿上最好的外套!

太準了!太準了!

You're not going to believe it!!

你絕對不会相信的!這月曆實在太神了!!!

TRADITIONAL ADVENT CALENDAR WITH 24 MILK CHOCOLATE TREATS NET WT. 1.76 OZ (50g)

長這樣。

大王很不滿意我沒有在第一天就發現這個驚喜！那也就算了，我連三日生日當天還在讚嘆月曆神準，大王當然就完全不能忍受我裝白痴！他不相信我有那麼笨！

我的頭腦大概中間有一段是沒怎麼在用的，不是太精就是完全白痴，這件事我就是真的完全白痴，連懷疑都沒懷疑過一回！——不過，誰要對一個月曆起懷疑啊？這也是合情合理吧？

我可真是無言!!!我所知道的大王,雖然對我向來也大方,可是他的大方都是很便宜行事的!十萬元的禮物?沒問題!只要商店裡很方便就買得到!可是相反的,他幾乎從來沒做過這種便宜卻又花心力的禮物!

而且,其中最困難的部份,還是要把籤的英文說得像我那麼差,據說,這是最不容易的工程……

果然自從謎底揭開後,所有的籤都合邏輯了!"GIVE TO SPOUSE FOR COFFEE"是咖啡券,我不但不必幫老公煮咖啡,还可以用券會來使唤他為我煮咖啡,而且,到今天7日為止,我已經有一張晚餐券(免費的任何餐廳之晚餐)及一張午餐券了,實在是又好玩又驚喜又令人期待的事!

烏龍

聖誕月曆並不是依日期順序排列的,一日可能在最下面一格,十二日可能在最後一格,諸如此類的亂序,靠的是格子上的標號。

十二月一日那天,我打開的是咖啡券:

Give to spouse for coffee

其實這一張的英文是不完美但還OK的!大王搞中式英文主要只在月初那幾張而已,後面多少還有一些,但沒有扯得太離譜。

是我自己烏龍,十二月一日那天我打開的其實是十四日的格子(眼花看錯號碼),我是到十四號當天才發現我開錯格!所以我回頭開十二月一日的,終於看到大王自創的中式英文:

To give it your spouse for to get a coffee

總之,都是令人難以理解的英文!而且因為剛好這兩天都是咖啡券,也都是不正確的英文,所以大王也沒發現我第一天開錯格!

拜訪Kate。

西雅图的朋友kate有双喜，一喜是她即將臨盆生小宝宝了，第二喜是他們剛遷入了新家，所以，找了一天下午，我也過去拜訪她。

沒當媽媽最大的缺點就是，不覺得自己有必要了解生孩子的相關知識，而，無知就是恐懼的來源···

欢迎，会很難找嗎？

← 肚子很大了，預產期是1月1日！

難找？我完全沒迷路！有了新秘密盪盪之後，開車是一件白痴的工作！

不過我完全不知妳家究竟在哪兒···

Kate 和我有數个共通之处吧，我們兩个人都養貓，我們兩个都有毒舌派的老公，我們兩人的老公都在微軟上班，我們倆個性相較於先生，都很隨和可親。

但是，和她一見面我也有我的憂心和緊張···

妳···这該有了可能隨時会生哦···

第一肚子開始痛起來，我是不是幫妳叫救護車？

總要知道怎麼做···

我在××系醫院生，送我去那兒就可了···

要當媽人的人就是不一樣！一副安心ready的穩重樣，照樣按步就班地一人吃兩人補，當媽媽的人的朋友，則是拜訪一個人、但和兩个人交談……

新房子就是空間比較大……

对呀！好這房子看起來比我家大很多……

小宝儿，你千萬不要現在出來！！！阿姨不是一个可靠的人，你一定要看清楚……

我也是張老師。→ 別出來！別出來！別出來！

她也太神經緊張了吧？

人家預產期不是都說1月1日了？

她總以為每个人都会早產。

我的pose比較优…

如果說，知識就是力量，那麼，無知無識就是恐懼的根源！我因為也沒懷孕生子，所以就不曾麻煩自己去了解生產常識，看見kate的腳板也腫漲起來，我只記得好友玫怡生產前也有這個狀況！

萬一要接生…

有時也会來視吧？…

我該如何是好？？

← 這种問題都想了，真是个神經病的朋友！
← (躲我啦!)

躲

我還是不太會看肚子

人家說，生女兒肚子會比較圓寬，生兒子的肚子會比較凸尖。
我曾經以為我已經可以辨認得出，比如說玫怡的肚子，確實沒有橫擴感，比較尖挺出，確實像是生兒子的標準相。
可是我另外一些親友的案例也沒那麼準，比如說艾琳，她的肚子也很像生男相，可是結果生出女生，還是兩個女生！又比如ＫＡＴＥ，我那時看她的肚子比較像是生女生，可是她自己早已知道是懷男胎。
所以我確定我還是不會看。

就請大家不要用異樣的眼光看我！我連剪臍帶都憂慮了一番……

沒什麼好談了…

這人該去住院了！

是恐嚇吧？

不過，我想她成功說服了kate肚中的宝宝…

那天，还好kate真的没異狀，而且傍晚她的老公史考特也早々就回家了，我於是没有再去暗思接生的細節，也有一种安心交棒的感覺！

好…

拜託喔！必要時我自己都能開車去生！

我自行想像的kate説詞 → 她本來就是ㄅ很獨立的女性！

而且，也不知道在想什麼？我送kate的喬遷禮物是在大華超市買的火烤兩用鍋，大概是因為天氣冷吧？

根本不知喔人家会不会吃火鍋！

果然送礼的人多數只想到自己会喜欢的！

大華超市？在台灣也有名呢！

不論如何，希望他們一家人平安，也預祝kate生產順利，等孩子生下後，我應該会再去探望…

別把人家小孩嚇哭了…

其實我生日那天，還是有拿到大王送我的大華禮券（越來越不像他的風格），所以去拜訪ＫＡＴＥ之前，我就拿著禮券去大華亂買一通！

禮券有個壞處是，它感覺不像在花錢（但事實上就是啊），所以買什麼都會變得很豪氣，一點都沒多加思考，我那天也買了一些平常不會買的食物，就是因為覺得「好像不要錢」，試試也沒關係！

所以那一趟，單一趟就把禮券花光光，連油炸遮簾都買了。

什麼東西啊？

油炸不再四処噴！

毫無準備的 暴風夜

上週四晚上西雅圖刮起大風,當我才看見電視新聞呼籲民眾做好「停電二、三天」的準備時,我們果然就停電了!

而且接下來的半小時,我先是看見窗外遠景北西雅圖右半部暗去、然後左半部,陷入一片全黑的狀態!

我也不喜欢停电…

嚴重啊!

搬來這些年,第一次見到~半全城斷電的狀況!!!

那時我們还不知死活,大王甚至还有点夢幻,他立刻在火爐裡昇了一團火,直說「這不是很cozy嗎?」,然後在接下來的數小時、本应該是睡覺時間,他老兄熬到天亮把柴木全部燒光光……

我是要守夜!!以防有狀況發生,例如大樹打壞房子…

我守到暴風離開去呢!大約3、4吳!

隔天早上我大約9點半起床，屋子一片冰冷，貓咪跳到火爐前喵喵叫，彷彿是催我快昇一團火取暖，可是，我家哪还有柴呢！本來我也不願叫醒5.6點才入睡的大王，可是到了10點多我突然看見窗外開始飄風雪，這可不得了！大家都停電又冷，如果再加上下雪，再不出門恐怕就撿不到柴木了(商店有售)！

《災難一》不能加油。我從來沒注意到，加油站因為全用電腦控制，所以一旦沒電，就算油庫有油也压不出一滴來！街上到処都是和我們一樣，狂繞四処找柴，找食物，找商店，終於耗盡汽油卻加不到油的人！我們一看情況不妙，立刻開回家再換開另一輛有油的車子出來，中間还有小驚嚇是電力起降的車庫門因為停電，还花了好一番功夫研究手動打開！雖然雪結果只下了十分鐘就停，但我們的危机都沒有解決…

《災難二》沒有錢，不能買任何東西！當很多商店停電都还營業時，他們也不能再收信用卡，改為只能收現金，而平時我們這對夫妻偏々都沒有提現金在身上的習慣，現在沒電了，連銀行和ATM都無法領錢，勞累奔波的我倆，看著咖啡小販一杯才1元多的咖啡，都沒錢買！

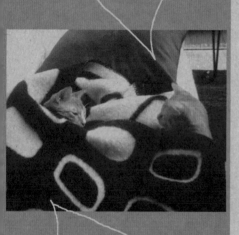

好冷喔，躲在被窩裡真好一

可不是嗎？彷彿有暖氣一樣…

《災難三》手机也沒訊号！

我只知道在西雅图因為樹高大又多，一旦刮起大風，倒掉的樹会压損电線或压毀房屋，可是我没料到它还可能毀壞基地台！我們的手机本來就有电池終將耗盡的危机，結果老天爺的戲碼是連訊号都乾脆沒有！

暖氣！？
是你放屁了吧！？

我們該怎麼辦？……

什麼都沒有，在街上洗澡狂繞也不是……

对了！你往市中心開吧！市中心通常会有电！！重要嘛！

我以前住台北，我知道…

只要到有电的地方，我們不但可以領到錢，还可以加油，說不定手机还有訊号可收，我可以緊急報平安！

果然，当我們往市中心前進，不到市区就碰到幸存的有电地帶了！我們不但領了錢、買到柴，我也緊急發出簡訊向家人報平安，我們还吃了一頓熱餐呢！

《災難四》柴火搶不到，空氣品質大壞。

接下來的時光，我只記得一直都在各個商店搶找柴火，而也因為大家都沒电都在燒柴取暖，突然間空氣品質也大壞，但這还不是最糟的，這場風災中也有一些人燒了不該燒的，中毒死在家中……

我和大王都很感恩，我們家畢竟只停了兩天电，因為直到現在，我的另一个朋友 Kate 的电都还沒來呢！已經整整一星期了！

感恩

謝拉

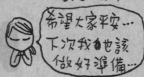

希望大家平安…
下次我們也該做好準備…

星空下

我最美好的旅行,無疑是在地球誕生成為一個人!所以我一向對宇宙也充滿了大興趣和大好奇,在無法細數的星球中,地球只是其中一顆星星而已,就如同地球上無法細數的生命中,我只是那其中一个小小的人而已,而我這个小小的人的心中的悲或喜,相較於無限宇宙,實在是一點也不算什麼啊!!

喔......好好喔 就算人生很苦,也是那麼有趣又特別!......怎麼那麼好!......

＊變態地享受苦惱＊

無論多痛苦煩惱,只要來一片星空,往往就能提醒我,我這渺小的生命的苦,是多麼渺小又特別,是該享受,經歷它,而不必害怕.厭惡它!
所以,當我在網路上意外發現日本做出一種星空投射机,我立刻決定它一定要成為我的聖誕禮物不可!!!

我聖誕礼物一定要這台机器!

...列印出的資料.

又來了!妳不可以老是這樣自己指定礼物啦!!

当我聖誕老人呀?!

話説我硬要這台星空机也不是沒原因,因為它是真正的星空實況展現,並不是一般隨便射出几束光亮的假造星空;所以它的售價也很可觀,並不是一兩佰台幣騙小孩的机器......

対対

再三強調那台星空机對我的重要,我也決定要買一組大王一直覺得「不買可惜買了浪費」的XBOX

要怎麼收穫先怎麼栽...

我也要付出可口的礼物給大王才詍得住腳!!

心机時間

360來做為回饋!而且打従我去商店把XBOX扛回家後,我便一直「暗中」緊盯大王進度!

他还沒下單!!這樣聖誕会來不及啊!!

東西要従日本寄來吧~太慢可是会來不及~

偷偷檢查老公的銀行記錄(註:我們有共通帳户)

她果然要很需要星空...一點小事就惱成這样...

但是她太小人了!怎麼可以這樣偷查?.....

那是我們貓的作為.....我今年是新种逗貓棒.....(顏色我不太甲意...)

就是它

一直到聖誕前一週，我才心滿意足地看到星空机入帳！

太好了……
就算來不及…
至少我確定拿到了！

神奇的是，聖誕節我真的收到了！我高兴得大叫，誰說預知礼物沒驚喜!!

YA！
YA！

難以相信!!

不枉我付了國際快遞費……

喵拿到樂高嗎？

不是吧？這該是電玩

落箅

← 我还拿到中華炒鍋(?)
大王給的礼物也真奇怪……

兒子們当然也來凑熱鬧了

至於XBOX，大王当然也很驚喜，尤其还附了賽車方向盤和遊戲，不僅他喜愛，我們的小兒子托比也很喜欢，大兒子艾傳則和我一起对星空机欣賞不已：整ㄟ假期到目前為止，都運行得很順暢，大王可以和托比玩电玩，我則和艾傳遇著仙人般的玩樂高、一起画画，晚上大家一起看星星的生活！……

太棒了…
不愧是我指定的礼物！

爸?!
看！用隐獵户座耶！

呀呀！
有流星!!

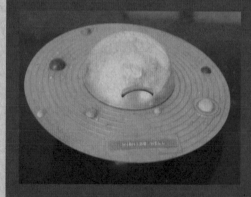

有圖爲證，我盡力了！
投射於天花板的星空我拍不起來，不用閃光燈又一片黑漆，閃光燈一閃，星光又不見！···

只好請你們欣賞我買的古董吧，太陽系存錢筒，主體質材是金屬的喔！

罪薛

請把它當作是環保議題的另類觀點吧！
不過這問題確實也值得重視。

不知醞釀過多少次了，說好不要再買中國製的東西，但是！商人可真說我們沒得選擇！！！

我要那个

爸，買那个！

都是中國製造！！！沒有可以選擇的權利！！

我的孩子就這樣註定和沒有品質的玩具為伍！

果然不錯，整个假期中買的玩具到頭來竟沒有一件壽命超過三天！除了樂高之外！

誰敢說中國東西便宜的！？我找他拼命！！

售價沒有特別便宜，卻耐不了三天，我為何要花錢買垃圾回家！？

氣到小腹都消了！

新買的恐龍→連手都裝不上去！全新就沒用了！（凹凸根本大小不合！）

因為我們还是需要玩具⋯⋯

剛拆開就壞了。你或許會說「你們可以拿去換啊」，不過我心裡想的重點是：這一個就算回到廠商那裡，也仍然是會丟掉的垃圾，並不因為我得到另一個新的，垃圾就自動不見了。

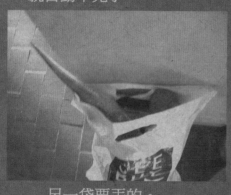

另一袋要丟的。

結果資源回收車不收我這些玩具！
因為「沒分類」！玩具中夾雜著塑膠、金屬或其它質材，既不能完全歸類成塑膠類，也不是金屬類。
又是地球遭殃，人類買單・・・

新年一到，我接到的第一份「王旨」就是把小孩的玩具全部丟掉：（中國製的收費垃圾）

為何叫我造孽滅福份？
東西又不是我買的……

為何啊啊……我也不想浪費物資啊!!!

我也知道非洲飢民很可憐……可是我有什麼辦法!!!

我不知道台灣狀況是怎樣，但是在美國真的找不到不是中國製的玩具，除非都不給孩子買玩具，不然真的是一點選擇都沒有!!這並非故意排斥中國，而是真的我們這次当「孝子」的日子中，有三件玩具是才拆封，一个是根本組裝不上去，兩个是拿出來裝好後立刻就在五分鐘內故障了！要別說其它的也維持不到三天的玩具。

以後我都要去董店、二手店買以前人的玩具!!

可憐呀!

拜託喔……現在的小孩誰還要玩爸爸時代的老古董？人家有人家時代的流行啊…

難怪在國外，漸漸有很多人要故意標榜「NOT MADE IN CHINA」！我也心疼我偶爾花的錢，我也感到大罪惡無法「惜物」！惜不了啊！直接就壞了！

我另外也感到我的童年真是快樂又有成就！每隻洋娃娃都是自己主動分屍掉的，每台玩具都是自己研究下犧牲掉犧牲的，而不是買來就自動解体！

〜人生謎題〜
解開！

原來我喜愛用舊貨是有原因的！！！

我完全不是什麼慧 可以对有遠見有智慧的商人建議，不過我也想說:使用者、消費者心聲！除非你們有辦法誤中國製品短期間內品質進步明顯，否則可能会有愈來愈多人開始加入抵制中國貨行列，前進中國，並非經濟的救世主！

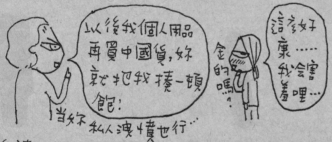

以後我個人用品再買中國貨，妳就把我揍一頓餐！

金的嗎？

這麼好康……我会看著哩…

当然私人溇慎也行…

最後請神明原諒！我們終究还是要將大批才買不久的玩具丟掉了！

壞掉的東西送人？？多沒誠意!!人家还得拿去丟，損自己的福份！

別想了！丟了吧！

吼……我已經盡力做好垃圾分類和資源回收了…

希望這樣可以…

我真的沒有仇中。
中國製也還有些東西我認為很不錯，比如這兩個鬧鐘，一個是水族設計，兩條魚跟著秒拍動來動去；一個是鳥籠設計，那隻小鳥隨著時間慢慢轉動，這是我實際買了、也很喜歡的東西，雖然時間常不準，但壞了也至少能當擺飾。

有準備的 下雪天

一連串的冷，池塘終於完全結冰了。

西雅圖今年冬天也算反常，比以往更多強風、也比以往更多冬雪。繼上次一回強風、一回大雪我們毫無準備因而受驚後，這次，我一聽到氣象報告出現『強風警告、緊接著會下雪』後，我一刻不遲地衝去超市搶購必需品，做好準備！

妳有在準備 storm 喔！

什麼!!

又有 storm

購買物資是平常的三倍。

当然

我已經是雪國太太了…

星期二信心滿滿地購物，我安心等著氣象報告說的『星期三下雪』，結果星期三一早起床——

和平常一樣,下雨。

沒下口麻!!

事情總是這樣!
当你做好準備,
一切就是沒事

我果然不是正港的雪國太太!
昨天竟然沒事花那麼多菜錢!

氣象報告不很準在西雅图也算常見,我於是認定
它不会下雪,不但和朋友相約隔天外出,也開始
放鬆地吃起昨天買的好料!

昨天有買
冷凍雞塊
吧…还有
披薩…

現在就
弄來吃!

昨天也有多
買猫食,現
在就給他們
加菜!!

YA～～!!

我一个人(老公去上班)和兩隻貓吃得非常飽,还不
小心大家一起睡了个午覺,好不沈淪!等一覺醒
來後已經是傍晚了,這時我才發現 真的下雪
了!!!

老公,
我來自台灣,
我又忘記要
為下雪準備
了……

※練習、預演。

第一次看到我家窗戶結冰柱!‧‧‧

到處積滿了雪。

這次下雪下得和上次差不多，不過，不只有我準備，
市府也有準備，所以路況並不像上次那麼嚴重，
大王只比平常多花一些時間就到家了！並沒有再
次八小時這种事。

喔一馬鈴薯，很好吃嘛!!...

挪威人看到馬鈴薯就迷惑了。

三大ㄎ馬鈴薯，一小塊肉，打算用澱粉餵飽老公。

还好我吃米，不吃馬鈴薯!!

今天雖然沒再繼續下雪，但氣溫很低，所以昨
天的積雪也沒怎麼融化，如果不要有危机，事实上雪
景还真美!!

早起真是有好處！
每次在我家拍照都是下午
太陽直射入窗時，雖然現
場景緻是充滿希望、快樂
的大光明世界，但照片照
起來總是強花花地一片亮
！
這張照片則是在早上拍的
，終於比較含蓄，也比較
看得出我家窗外的樣子。

小紅 的 命運

有一年我和大王去看Home show,会場上,大王对一台清潔机器一直唸唸不忘——

高温蒸氣。

用高温蒸氣來清潔家裡… 不伤家具…

小紅

完全不用化学清潔劑!!

还可除苔?! 太棒了!

你又沒在打掃家裡買這幹嘛???

小紅

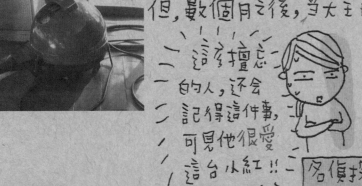

还好這台机器售價还不低,所以当場大王並沒有買。但,數個月之後,当大王存夠私房錢,他还是買了!

這麼擅忘的人,还会記得這件事,可見他很愛這台小紅!!

可是我还是不懂!!! 他從來不CARE打掃的,究竟為何要這麼著迷!?? ???

名侦探 苛難太太

浪費錢啊!…

果然，机器買了三年，除了收到貨時測試一次，半年前某个凍半夜突然想起，又測試了一次之外，這一台小紅從來沒被正式使用過！

我!?

訪問大王太太

拜託！打掃已經夠花時了！我不可重能还特地去用那台有電線牵制的机器！

而且还要熱机好一陣，没閒情等……

再説，大王一次也沒建議過我，去使用它！
但前几天，我竟然用它了！

小紅，衝啊！
去虫化那冰雪吧……

高溫蒸氣……

几乎完全結凍的屋外暖氣机。

打擊

……不敢相信!! 把我当成什麼了!?!

…我需要心理医生……!!

我要吃百解憂～～!!……

這已經是融雪後拍的了，仍可看見一些冰霜在機器上。

其實，我的屋外暖氣主机是有自動化冰功能的，但因為雪太多，又氣溫過低太久，它的免疫系統已經遭到傷害，小紅這麼一蒸，又是把一層冰雪夾雜的厚層，變成一片中厚度的冰片！！

一愈弄愈糟一

好消息是，這兩天終於回溫了，而且暖氣主机也沒被我亂搞壞！比較遺憾的是小紅的命運，雖然她也沒我弄壞，但，在天不時、地不利、人不知之下，她已經被我正式打入冷宮……

小紅對我來說，有點像鬼……
每次大王心血來潮就會把她從倉庫中拿出來試一試，接下來，大概會有一個月之久吧，她就是一直杵在大王丟棄她的地點，我因為預計大王可能還會用她，所以沒有立刻收進倉，直到一個月沒動靜後，我才終於又把她放回倉庫。然後再隔一陣子，大王又心血來潮，又把她從倉庫放出（通常是半夜時），然後又是重複這樣的故事……
我總是感覺小紅在家裡莫名其妙出出沒沒…

乖乖

去年年底，在做滿一年的清潔婦後，我終於決定向大王辭職…

為什麼呢？

妳掃得不錯呀…

你根本不必問我為什麼……

瞎了呀？

POTATO

·螞蟻……

到此刻我在這裡整理稿子時，我家已經一個半月沒有打掃了，貓毛四處飛，東西到處丟，廁所馬桶也開始髒了，這個家大概從來沒有如此髒過！（Doris，妳現在可以來看了！）

大王對我辛苦後的成果一點也不珍惜，是其一；打掃費用好几個月才給一次，而且常短少，是其二，不管用私情角度或公事公辦的角度看，我都無法得到平衡，所以，不·掃·了。

於是元旦過後，他開始找新清潔婦，几次清潔公司報價都讓他大吃三驚！

單次就要170!?

※每掃一次170元。

妳能相信嗎!?

以前那了WAL多便宜！

最早的那所清潔婦。

怎不說我更便宜!? 我的無情無義真是太对了!!

總之，大王火大之下，竟決定他要「自己掃」！很好！！

記恨小本子。

復仇女王

我的机会來了！！
臥新嚐黃蓮一年了！我也該
讓你試之打掃的辛苦！
我也該在你每次掃完後
快樂地吃 乖乖和
蛋捲
復仇計画。

為了這一天的到來，我也拿出我非常有潛力的忍
受髒亂的天份，怎樣都不再去做任何一點清潔
工作，反正，我的体質太好，真正会過敏的
人可從來不是我！(哇！呵呵呵——…)

終於，今天是大王自己預計的清潔日！我不但
依計画準備了乖乖和蛋捲，也多買了脆X酥
那樣的東西，女人的黑辣很是不能小看的！我
几乎要忍不住顫抖起來！連晚餐飯量都故意
減半！(註:大王要上班,当然只能晚上掃)

再過
一兩个
小時，
我就要
討回怨
气了！

多神
聖的
一刻…

喂！吸
塵器怎麼用！？

泡茶吧……
泡茶配零食好呀…

藏置於廚櫃裡的吸塵器主機。

在牆上的吸塵插孔。
以及好奇的ＹＯＹＯ頭。

故事走到這裡，果然出現意料之外的事！WAL 掃了三年多，我掃了一年，從來也沒有吸塵器壞去的狀況，查大王呢？竟然一碰吸塵器就整組壞去！

你到底做了什麼之!?

不知道呀！我只是插上去而已!!

一不動一

我家吸塵器是內建在牆裡的，只要把管子往牆插。

乖人的保存期限是多久呢？這是我在試圖摸索吸塵器主机時，唯一能想的問題。結果就是我乖人沒吃到，还吃了一肚腔的灰……

← 還記得那個體質好、不過敏的女人嗎？

主机

有味吉…沒全死一到底哪裡出問題…？

咳—
咳—
咳—

夾姑娘，該放飯了…

我们还沒吃！

我氣喘快發了…妳快臭！

我沒能修這台吸塵器，所以找出前屋主的資料簿翻看，這個吸塵系統竟然購於 1983 年！

原來的公司還在，但是搬家了，我們查到新電話號碼立刻打去，請對方派人來修，也修好了，要價 100，我和大王都覺得合理。

結果好奇心驅使，大王問對方若買一台新的機器（新機器也更新型）要多少錢？對方說：三百多。

三百多！？難怪在美國大家東西壞了都寧願買新的！用修的實在太不划算了！雖然只修了一百元，但是誰知道下次哪時再壞呢？比起來，花三百多買全新的，起碼保固期叫修都不用錢・・・

天下無敵

這個星期，我終於去看了因為生產血崩、差点走掉的kate！

（對話框）kate，我很抱歉…

（對話框）嚇!!! 短袖!?

嚴冬披風。

（對話框）喵，妳來了：…

完全不是我預期的衣著。

奇怪！我認識的朋友們，怎麼各個生完孩子都瘦得那麼快？
玫怡說餵母奶的人通常都瘦得很快，DANA也是餵母奶，確實也瘦得很快，但KATE因為體內有很多急救用藥和隨後的一些藥物要服，所以並不餵母奶（怕影響奶質），可是，她也瘦得很快啊‥‥‥

人家差点死掉，你要怎樣?!…

可不是開玩笑的，Kate 当時的血崩止都止不住，医院还發出病危通知，Kate的父母还緊急從台灣趕來，這种危急的狀況，最樂觀的医生最樂觀的猜測，都認為 kate 就算能脫險，恐怕也要昏迷ㄟ一ㄍ月，但現在一ㄍ月不到，Kate 已經勇到穿夏裝了！实在可喜可賀！

（對話框）我每次若東醒來，就吵著要看我兒子，

（對話框）家人就拿數位相机的照片給我看，我每次看到兒子，都好像第一次看到似的，又驚又喜，大讚好可愛哦屋

怎麼那臭可愛～

天下無敵的媽媽

天下無敵的媽經。

提風水說之前，我有問過KATE要不要聽，因為她如果不信也不想知，我就覺得沒必要要說出來。我自己也沒有信風水信到那種程度，純粹是一個偶然的巧合，令我特別向她提起這件事——大王和瑪優以前同居的房子就是這樣的樓梯和大門，而他們最後也（巧合地？）分手收場。另一方面，我知道KATE對婚姻很盡力在維持，她為她和史考特也付出很多心血，所以我才覺得可以說出來做參考，前提是她如果想知道。

我自己的心態是，人如果生病就要找醫生看、按指示用藥，這些當然一定要先做好！（而不是先去喝符水！）風水只是，在你康復後，如果還有餘心，稍微參考一下的而已。

此外，讓我也很動容的，Kate在昏迷期間还不忘要叫pizza！

那麼多人來看我…

你們餓不餓？我們日來叫pizza吧？…

那我錢給你們了沒…

邓有「那麼多人」!?

家人

叫了！已經叫好了，安心吧！（陪演了安慰）

給！

如此　這般

大感(動)!!

都病危了还不忘pizza！有那麼好吃嗎？我以後一定要对pizza另眼相看啊…

Kate，妳昏迷時講這些話，是用中文还英文？我一定要知道…

熟女的世界原來也是很無喱頭的…

Kate！我忍不住要提…

你家入門处風水不好—讓我幫你做个藝術补拍門吧???

大師…可是我要問過我老公…較好…

大門正对著一上一下的楼梯，夫妻会漸行漸遠的……!!

没啥好解釋的，→就是迷信！

好吧, 我終於了解大人之間不但無聊而且幼稚。
互相咪赫完对方後, 嬰兒Hunter(這是BABY的名字)
看起來最正常, 也最健康! 不愧是拼上生命(母親)
生出來的孩子!

我相信大難不死必有後福! 看kate穿短袖就知
道了, 她整个人已經走入春天了。

祝: 平安、幸福!

它打開是一條大長方形:

可直接當大圍巾, 不用時
也方便收於包包中。

也可以這樣披:

但我還是最喜歡這樣披:

幾年前,我有一個當孕婦的美夢,不要誤会,並不是我真的那麼求子若渴,而是當時,我被對待得猶如「懷有龍種的皇太后」…那種滋味,坦白說還真是難忘,雖然一切、只是一場誤會……

那陣子,我也不知怎麼了,每天都觉得胃不太舒服,當然,經期也晚了二个星期之久,一切的徵兆很快就給大王一個聯想——「我懷孕了!」

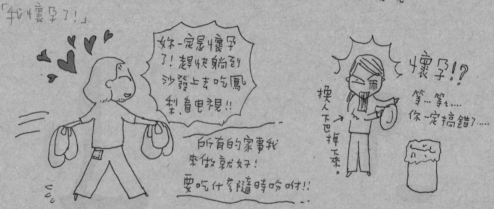

我來不及解釋什麼,就立刻被送上皇后宝座!這麼一坐卻發現滋味可真不賴,突然愛恋起權位來,懷孕?我自知90%不可能!不過,「天上掉下來的禮物(向來短暫),不要白不要,反正並不是我主動去製造那個誤會的!更何況我当時也还没驗孕,說不定,我真的懷了龍種也未可知!「好運不可浪費」的原則下,我順勢當上女皇。

也許...也許是我性情真的也轉變得太大了，反而更加讓阿烈得認定「此人既敢如此厚顏無恥，必然真有以子為貴之事實」！很快地，「合理的懷疑」火速地加溫到「必然是」的狀態...

不只如此，連阿烈得的前女友、孩子的媽，也特地跑來大吵一架.....

 # 臭了

這下糠大了!! 萬一我月經來, 我該怎麼面对眾人???

很快地, 我意識到再不能貪戀后座了! 事情不能再這樣發展下去了!

我決定去買驗孕棒以阻止公公訂機位!

結果…

我月經來了…

不必買驗孕棒了…

不!!~~~

妳一定是流產了…

這几天實在太吵、太操煩了…

↑
這个人…已經不能自拔.

我也不知道阿烈得是怎樣向眾人交待的, 我也寧願不知道, 因為整個事件到後來實在演变得太誇張了, 我沒膽子去了解細節! 我太怕羞愧死去… 我寧願只記得 這件事美好部份的回憶……

可不可以給我一杯茶?…

我知道我不是皇后了, 可是平民也要喝茶……

空

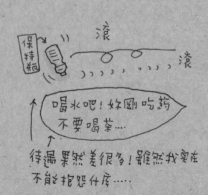

滾 滾

保持相

喝水吧! 妳剛吃藥不要喝茶…

待遇果然差很多! 雖然我實在不能抱怨什麼……

大塊
LOCUS
文化 讀者服務卡

謝謝您購買本書！

如果您願意收到大塊最新書訊及特惠電子報：

— 請直接上大塊網站 **locus**publishing.com 加入會員，免去郵寄的麻煩！

— 如果您不方便上網，請填寫下表，亦可不定期收到大塊書訊及特價優惠！
  請郵寄或傳真 +886-2-2545-3927。

— 如果您已是大塊會員，除了變更會員資料外，即不需回函。

— 讀者服務專線：0800-322220；email: locus@locuspublishing.com

姓名：＿＿＿＿＿＿＿＿＿＿＿＿＿＿　性別：□男　□女

出生日期：＿＿＿年＿＿＿月＿＿＿日　聯絡電話：＿＿＿＿＿＿＿＿＿＿

E-mail：＿＿＿＿＿＿＿＿＿＿＿＿＿＿＿＿＿＿＿＿＿＿＿＿

從何處得知本書：1.□書店　2.□網路　3.□大塊電子報　4.□報紙　5.□雜誌
　　　　　　　　6.□電視　7.□他人推薦　8.□廣播　9.□其他

您對本書的評價：
（請填代號 1.非常滿意　2.滿意　3.普通　4.不滿意　5.非常不滿意）

書名＿＿＿＿　內容＿＿＿＿　封面設計＿＿＿＿　版面編排＿＿＿＿　紙張質感＿＿＿＿

對我們的建議：＿＿＿＿＿＿＿＿＿＿＿＿＿＿＿＿＿＿＿＿＿＿＿＿＿
＿＿＿＿＿＿＿＿＿＿＿＿＿＿＿＿＿＿＿＿＿＿＿＿＿＿＿＿＿＿＿
＿＿＿＿＿＿＿＿＿＿＿＿＿＿＿＿＿＿＿＿＿＿＿＿＿＿＿＿＿＿＿
＿＿＿＿＿＿＿＿＿＿＿＿＿＿＿＿＿＿＿＿＿＿＿＿＿＿＿＿＿＿＿
＿＿＿＿＿＿＿＿＿＿＿＿＿＿＿＿＿＿＿＿＿＿＿＿＿＿＿＿＿＿＿

國家圖書館出版品預行編目資料

西雅圖妙記／張妙如 圖‧文‧攝影.
－－初版.－－臺北市：大塊文化，2007.09
面； 公分.－－(catch；76)

ISBN978-986-7600-67-7（平裝）
ISBN978-986-7059-77-2（第2冊：平裝）
ISBN978-986-213-006-3（第3冊：平裝）

855　　　　　　　93012551